KB078700

FUSION FANTASTIC STORY
다크홀릭 퓨전 판타지 소설

건들면 죽는다 9

다크홀릭 퓨전 판타지 소설

초판 1쇄 찍은 날 § 2015년 1월 23일
초판 1쇄 펴낸 날 § 2015년 1월 30일

지은이 § 다크홀릭
펴낸이 § 서경석

편집부장 § 권태완
편집책임 § 박용서

펴낸곳 § 도서출판 청어람
등록번호 § 제387-1999-000006호
등록일자 § 1999. 5. 31
어람번호 § 제1-2038호

주소 § 경기도 부천시 원미구 심곡2동 163-2 서경B/D 3F (우) 420-822
전화 § 032-656-4452팩스 § 032-656-4453
http://www.chungeoram.com
E-mail § chungeorambook@daum.net

ISBN 979-11-04-90081-5 04810
ISBN 978-89-251-3509-0 (세트)

TOUCHED
TO DIED

건드리면
죽는다

FUSION FANTASTIC STORY

다크홀릭 퓨전 판타지 소설

9

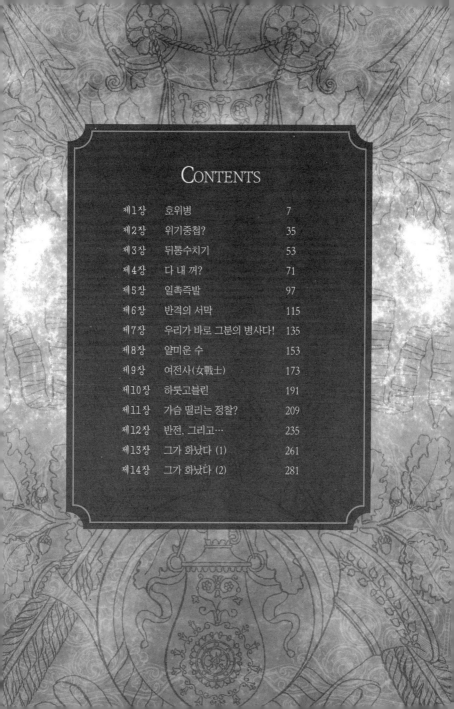

CONTENTS

제1장	호위병	7
제2장	위기중첩?	35
제3장	뒤통수치기	53
제4장	다 내 꺼?	71
제5장	일촉즉발	97
제6장	반격의 서막	115
제7장	우리가 바로 그분의 병사다!	135
제8장	얄미운 수	153
제9장	여전사(女戰士)	173
제10장	하룻고블린	191
제11장	가슴 떨리는 정찰?	209
제12장	반전, 그리고…	235
제13장	그가 화났다 (1)	261
제14장	그가 화났다 (2)	281

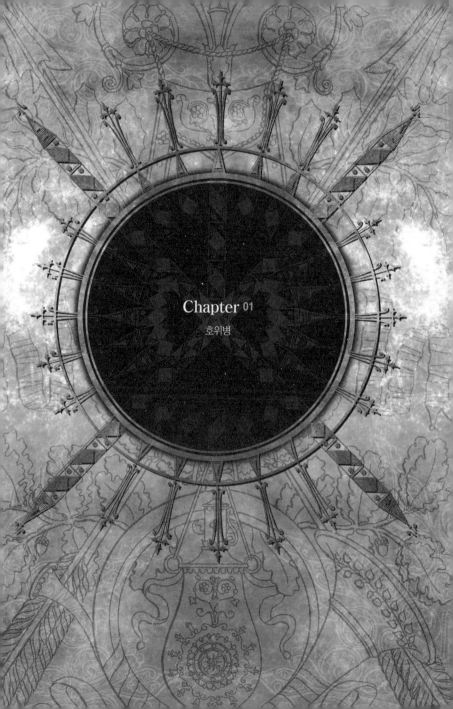

Chapter 01

호위병

건들면죽는다

1

　모처럼 해가 뜨자 루카스와 그의 아내는 차비를 하고 밖
으로 나왔다.

　오늘도 변함없이 약초를 캐기 위해서다.

　겨울에는 약초 캐기가 쉽지 않은 탓에 몇 뿌리만 찾아내
도 제법 돈이 되었다.

　사실 지난번 손이 와서 몇 년 이상은 놀고먹어도 될 만큼
큰돈을 주고 갔지만 두 사람이 나서는 것은 꼭 돈만을 위해
서는 아니었다.

　"아들 녀석 때문에 며칠을 그냥 놀았더니 온몸이 찌뿌드

드한 게 아주 죽을 맛이네그려. 역시 밖으로 나와야 기분도 상쾌해진다니까. 안 그렇소?"

"호호, 맞아요. 저도 며칠 만에 산을 타서 그런지 그냥 이대로 날아갈 것만 같네요."

"어이쿠, 아무리 그래도 진짜 날아가 버리면 절대 안 돼요. 나를 데리고 함께 날아가면 또 모르지만······."

둘이 결혼한 지도 벌써 이십 년이 훌쩍 넘었다. 하지만 그런 데도 루카스는 여전히 아내 샤롯데를 사랑했다.

그녀의 순수함과 소녀적인 감성 때문에 그런지 이럴 때는 그녀를 보기만 해도 가슴이 두근거릴 정도였다.

"여보··· 아직도 내가 그렇게 좋아요?"

"그걸 말이라고 해? 당신 없는 삶은 상상도 하기 싫을 만큼 당신을 사랑하오. 이 마음은 아마 죽을 때까지 변치 않을 거요."

샤롯데도 루카스를 변함없이 사랑하고 있었다.

비록 왕실에서 쫓겨난 이후 자신을 꽤 고생시켜 온 남편이었지만 단 한 번도 그녀를 실망시킨 적은 없었다.

손이 태어난 후에는 두 사람을 지키기 위해 온몸이 부서져라 일을 해온 사람이기도 했다.

"나는 우리가 왕궁 안에 있는 것보다 이렇게 사는 것이 훨씬 좋은 거 같아요. 만일 지금도 왕궁 안에 살고 있고, 또 그래서 당신이 왕이 되었다면 지금처럼 저만 바라봐 주지는 않았을 테니까요."

"말도 안 되는 소리 하지 마시오. 왕이 아니라 황제가 된다 해도 내 마음이 변할 일은 없을 거요. 당신처럼 아름답고 현숙한 여인을 두고 어떻게 그런 일이 있을 수 있겠소?"

"저도 그 점은 믿어요. 하지만 왕의 삶은 그 혼자만의 것이 아니잖아요."

샤롯데의 말에 루카스는 강력하게 부인을 하면서도 마음 한구석에서는 섬뜩한 기분이 들기도 했다. 왕이 되면 여러 가지 이유로 후궁을 더 거느리게 될 확률이 높은 것은 사실이기 때문이다.

"당신은 우리 손이 복수에 성공한다고 해도 왕궁으로 들어가고 싶은 마음이 없는 게요?"

"맞아요. 저는 이제 왕실로 돌아가고 싶은 마음이 없어요. 이제는 명예도, 또 부귀영화도 싫어요. 그냥 이렇게 당신과 함께 약초나 캐며 살다가 죽었으면 좋겠다는 것이 제 솔직한 심정이에요."

원래 왕궁 안에 있을 때도 권력이나 재물에 담백했던 샤롯데다.

그런 그녀가 벌써 이십 년 동안이나 평범한 삶을 살아왔으니 이런 생각이 들 만도 했다.

"그건 내 마음도 다르지 않소. 하지만 그렇게 되면 우리 손이 크게 실망할 거요. 또한 그 녀석이 결혼을 해서 손주를 낳게 되면 또 어떨 것 같소? 우리가 편하자고 후손들에게 이런 삶을 물려준다는 것도 결코 좋은 선택은 아닐 거요. 안 그렇소?"

"하아… 그건 당신 말씀이 맞아요. 우리야 이제 나이도 있으니 괜찮지만 젊은 애들에게 산속 생활을 하라는 것은 너무 가혹한 일이겠지요."

누구보다도 손을 사랑하는 샤롯데인만큼 이 부분에서는 그녀도 갈등이 생길 수밖에 없었다. 그렇다고 자신들만 산속에서 살고 싶지는 않았다. 지금 떨어져 있는 것만 해도 이렇게 힘든데 어떻게 계속 따로 살고 싶겠는가. 그녀에게는 안락한 삶보다 더 중요한 것이 바로 손이었다.

"우리가 다시 왕궁으로 돌아갈 수 있게 되고, 또 그래서 내가 왕좌에 앉게 된다 할지라도 절대 내 마음이 변치 않을 것임을 이 자리에서 맹세하겠소. 그러니 너무 걱정하지 마시오."

"그렇게 말씀해 주셔서 고마워요."

와락!

"사랑하오, 샤롯데."

"저도요……."

두 사람은 아직 눈이 녹지도 않은 산속에서 격렬한 포옹을 했다.

비록 이제 둘 다 중년의 나이였지만 두 사람의 사랑은 이처럼 뜨겁기만 했다.

만일 사랑의 크기만큼 2세를 볼 수 있었다면 벌써 일 개 소대는 만들고도 남았을 터였다.

하지만 다행인지 불행인지 신은 두 사람에게 숀이라는 아들 하나 말고는 더 이상의 자녀를 허락하지 않고 있었다.

"이참에 우리 숀에게도 동생을 한번 만들어주는 것은 어떻겠소?"

"아이참, 망측하게 그게 또 무슨 소리예요? 누가 들을까 겁나네요."

"듣긴 누가 듣는다고 그래? 일단 집으로 돌아갔다가 다시 나옵시다. 응?"

늘 사랑을 나누는 사이다.

그런 데도 오늘따라 루카스는 더욱 그녀를 원했다.

그녀도 싫지 만은 않았는지 결국 못 이기는 척 집 쪽으로 발걸음을 돌렸다.

그러면서 다시 입을 열었다.

"그런데 우리 숀이 정말 잘해낼 수 있을까요?"

"으음… 그건 나도 잘 모르겠소. 단지 숀과 함께 움직이

는 사람들이 보통이 아닌 것 같으니 우선은 믿어줄 수밖
에… 마음 같아서는 나도 따라나서고 싶었지만 다들 말리기
도 하는 데다가 당신만 두고 갈 수는 없었지.”

　아무리 어려서부터 천재였고 또 언제나 자신의 일을 스스
로 해온 손이었지만 부모의 입장에서는 항상 어린애일 뿐이
었다.

　게다가 손이 지금 하려는 일은 절대 쉬운 일이 아니지 않
은가.

　그러니 더욱 걱정이 될 수밖에…….

　“그건 잘하신 거예요. 이럴 때 당신이 나서면 손이 그 사
람들을 통솔하기도 불편해질 테니까요. 저도 많이 걱정되기
는 하지만 일단 믿어보도록 해요. 아직 단 한 번도 우리를
실망시킨 적이 없는 아들이잖아요.”

　“이미 물은 엎질러진 상태요. 그런 이상 무조건 믿는 수
밖에…….”

　그나마 샤롯데보다는 루카스가 손의 능력을 조금 더 알고
있었다. 같은 남자인 데다가 더욱이 기사 출신인지라 그럴
수밖에 없었다.

　그렇다고 손이 설마 대륙 최고 강자일 것이라고는 상상도
할 수 없었겠지만…….

　“기왕이면 이번에 괜찮은 처자도 한 명 만났으면 좋겠네

요. 그럼 더 든든해질 것 같은데…….”

“하하! 그래서 떡하니 아들 하나라도 낳아준다면 더 바랄 게 없기는 하겠지. 그럼 우리도 늦둥이를 어서 빨리 만들어야겠소. 자칫하면 손주보다 우리 아이가 어릴까 봐 겁나는구려.”

“아이참, 또 그러신다…….”

집이 다가오자 루카스가 또 분위기를 이상야릇한 쪽으로 몰고 갔다.

그래서인지 샤롯데의 얼굴도 새빨개지고 말았다.

그런데 바로 그때…

“소문이 과연 사실이었군. 오랜만입니다, 루카스 왕자님, 그리고 샤롯데 마마…….”

“누, 누구냐!”

그들 집 뒤쪽에서 일단의 무리가 튀어나오더니 순식간에 두 사람을 포위했다.

그러고는 그중 리더로 보이는 자가 아는 척을 해왔다.

모두 복면을 쓰고 있어서 루카스는 그가 누구인지 알 수 없었다.

그러나 자신의 정체를 정확히 알고 있는 것으로 보아 다른 왕자들의 끄나풀이 분명한 것 같았다.

“제가 누구인지는 천천히 알아가면 될 문제이니 지금은

일단 저희들과 함께 가주셔야겠습니다."

스르룽~!

"어림없다! 좋게 말할 때 썩 물러서라!"

"어허… 편히 모시고 가려 했는데 결국 화를 자초하시네. 그렇다면 어쩔 수 없이 무례를 저질러야겠네요. 얘들아! 쳐라!"

"네! 이야압~!"

부웅~~! 슈슈슉~~!

동시에 여섯 명이나 되는 복면인들이 일제히 루카스를 노리고 달려들었다.

그러자 루카스는 잽싸게 샤롯데를 자신의 뒤쪽으로 밀어내며 투박한 도를 휘두르기 시작했다.

하지만 아직도 공격에 가담하지 않는 자들이 여섯 명이나 더 있었고 그들은 왠지 처음 공격한 자들보다 훨씬 강해 보였다.

보기보다 더욱 심각한 위기 상황이라는 뜻이다.

2

차라리 집이 더 가까웠다면 그래도 방법이 있을지도 몰랐다.

집 주변에는 숀의 지시로 마법사 멀린이 마법 부비트랩을 설치해 놓지 않았던가.

그것만으로 이런 실력자들을 제압할 수는 없겠지만 최소한 도주할 수 있는 시간을 벌 가능성은 있었을 것이다.

이미 쓸모없는 상황이 되어버렸지만 말이다.

"여보, 내 뒤에서 절대 움직이지 마시오. 타핫!"

"네, 제 걱정은 하지 말고 조심하세요."

지금 루카스의 모든 신경은 아내 샤롯데의 안전에 집중되어 있었다. 자신은 다치거나 죽어도 상관없었지만 아내만큼은 무조건 살려야 했다. 그랬기에 그는 자신의 안위는 돌보지 않은 채 미친 듯이 검을 휘둘렀다.

창! 챙챙! 챙그랑!

"웁스! 모두 조심해라!"

그게 복면인들에게는 제법 위협이 되고 있었다.

여섯 명이나 와서 겨우 한 사람 때문에 다치고 싶을 리는 없었다.

그랬기에 그들은 적극적인 공세보다는 적당히 방어를 하며 루카스가 지치기를 기다리는 교묘함을 보였다.

"좋게 말할 때 썩 물러가라! 그렇지 않으면 내 검의 날카로움을 원망하게 될 것이다!"

"왕자님의 검술 솜씨는 잘 알고 있습니다만 저희들도 거기에 충분히 대비해서 온 사람들입니다. 그러니 그냥 순순히 항복하십시오."

차라리 적극적으로 공격을 해 온다면 샤롯데라도 도망갈 수 있게 할 수 있을 것 같았다.

그러나 이런 식으로 포위망을 형성한 채 느긋하게 접근해 오면 그럴 수 있는 기회조차 얻을 수 없을 터… 그 점이 루카스를 더욱 초조하게 만들었다.

"어림없는 소리! 이얍~!"

"막아라!"

까앙! 챙! 챙!

비록 산속에서 길을 열 때 쓰는 형편없는 도였지만 그 속에는 마나가 주입되어 있었다.

만일 복면인들이 일반 병사였다면 루카스의 이런 공격에 벌써 검이 부러졌을 터였다.

그러나 그들 역시 자유자재로 마나를 사용할 수 있는 자들이었기에 그의 공격은 허무하게 가로막히고 있었다.

그렇다고 공격을 멈출 수도 없었다.

그랬다가 행여 샤롯데가 다치기라도 하면 큰일인 탓이다.

"이런 식으로 저항해 봤자 왕자님만 손해입니다. 이쯤에서 그만두시지요?"

"내 비록 형님들 모략에 당해 약초나 캐며 살아가는 사람이지만 명색이 일국의 왕자다. 그런 내가 너희들 같은 무뢰배들에게 고개를 숙일 것 같은가? 죽는 한이 있어도 그럴 일은 없다!"

이쯤 되자 복면인들의 리더도 슬슬 짜증이 치밀었다.

제 딴에는 그래도 왕자라고 크게 다치게 만들고 싶지 않았거늘 계속 이렇게 나오면 다른 방법이 없었다.

혼을 내서라도 강제로 끌고 가는 수밖에…….

"결국 저희들로 하여금 더욱 무례하게끔 만드는군요. 정 그러시다면 그렇게 해야겠지요. 이제 더 이상 봐줄 필요 없다. 쳐라!"

"네! 이야얍~!"

쉬칵! 챙! 창창! 챙!

리더의 명령이 떨어지자 복면인들의 공격이 더욱 거세졌다.

그뿐 아니라 이번에는 내내 방관만 하던 리더까지 합세를 하는 바람에 루카스는 자꾸만 수세에 몰리기 시작했다.

샤롯데를 보호하기 위해 있는 힘을 다하고 있어서 겨우 버티고는 있지만 이제는 그야말로 바람 앞의 등불 신세였다.

채엥~~! 챙그랑~~!

"윽!"

그리고 마침내 리더의 강력한 공격을 막던 루카스의 도가 부러지고 말았다.

"자, 이제 가실까요?"

"이, 이놈들……."

복면인들의 검이 자신을 겨누고 있는 데도 루카스는 조금도 두려워하는 표정 없이 그들을 노려보았다. 끝까지 갈 생각인 모양이다.

"여, 여보……."

"샤롯데!"

그러나 그에게는 사랑하는 아내 샤롯데가 있었다. 그가 검을 놓치고 복면인들에게 포위당하던 순간, 남아 있던 복면인 한 명이 어느새 샤롯데에게 다가가 그녀의 목에 검을 대었다.

"자꾸 버텨 봤자 좋을 일은 없을 겁니다. 저희들도 아름다운 마마께 해를 끼치기는 싫습니다만 왕자님께서 태도를 바꾸지 않으시면 무례를 저지를 수밖에요."

"가, 가겠다! 그러니 어서 그녀를 놔줘라."

자신을 죽이겠다고 협박하는 것은 콧방귀도 뀌지 않을 만큼 태연할 수 있지만 샤롯데의 위험은 절대 그냥 간과할 수 없었다.

그랬기에 루카스는 결국 항복할 수밖에 없었다. 그런데 바로 그때…

"끄악!"

챙그랑~!

"뭐, 뭐냐?"

샤롯데의 목에 검을 대고 있던 자가 갑자기 비명을 지르며 검을 땅에 떨어뜨렸다.

그러자 다른 자들도 놀라서 얼른 주변을 살펴보았다.

하지만 쓰러진 자의 근처에는 쌓여 있는 눈 말고는 아무것도 보이지 않았다.

"으아악~!"

풀썩…

"모두 조심해라! 뭔가가 나타났다!"

그뿐이 아니었다. 이번에는 루카스를 포위하고 있던 복면인들 가운데 한 명이 금방이라도 숨이 넘어갈 것 같은 큰 비명과 함께 바닥에 힘없이 쓰러지는 것이 아닌가.

그런 데도 주변에는 공격자의 그림자조차 보이지 않고 있었다. 그건 실로 무시무시한 공포였다. 소드 익스퍼트 중급에 가까운 실력자들이 상대의 흔적도 느끼지 못하는 사이에 벌써 둘이나 당한 것이다.

"어떤 놈인지 썩 나와라!"

"……."

리더가 분노에 찬 외침을 질러보았지만 사방은 고요하기만 했다. 그 모습을 지켜보던 루카스가 문득 무엇을 떠올렸는지 살짝 놀란 표정을 짓다가 샤롯데에게 조심스럽게 다가갔다. 워낙 가까운 거리라서 그런지 복면인들은 알면서도 그를 그냥 두었다. 지금은 보이지 않는 적이 더 문제였다.

"샤롯데, 괜찮소?"

"네……."

루카스는 샤롯데를 살포시 안아주며 얼마 전 손이 왔다가 돌아가면서 자신에게만 슬쩍 해주었던 이야기를 떠올렸다.

"아버지, 혹시라도 백부들의 끄나풀이 쳐들어올지도 모릅니다. 그런 상황이 벌어지면 절대 함부로 나서지 말고 어머니만 진정시켜 주십시오."

"저항하지 않으면? 그냥 당하라는 말이냐?"

당시 손의 그 말에 루카스는 이해하기 힘들다는 듯 이렇게 반문했었다.

"그럴 리가요. 두 분께서 안전하게 계실 수 있도록 제가 이곳에 아주 특별한 녀석을 남겨 두고 갈 생각이거든요. 비록 사람은 아니지만 그 누구보다도 믿을 수 있는 특급 호위병입니다. 저를 믿으신다면 그 녀석도 믿어보세요."

"사, 사람이 아니면 뭔데?"

"바로 킹까테말로입니다. 녀석은 저 외의 사람에게는 절대 복종하지 않습니다. 그렇기 때문에 평소에는 그냥 이 산속 어디에선가 지내게 될 것입니다. 하지만 두 분이 위험에 처하거나 하면 반드시 나타나 보호해 드릴 것이니 믿고 무조건 두 분의 안전만 신경 쓰세요. 제 말… 아시겠죠?"

그런 말을 믿고 자시고 할 필요도 없었다.

도대체 킹까테말로가 어떻게 생겼는지조차 모르는 두 사람 앞에 녀석이 나타난 적은 단 한 번도 없었으니 말이다.

하지만 지금 이 순간 루카스는 직감적으로 바로 그 킹까테말로가 나타났음을 알 수 있었다.

그리고 그 녀석이 숀의 말대로 진짜 믿을 수 있는 존재라는 것도 말이다.

그래서인지 루카스는 약간은 안심이 되는 듯한 얼굴로 아내 샤롯데에게 이런 말을 할 수 있었다.

"여보, 이제 아무 걱정도 하지 마시오."

"어째서요? 아직 위험하잖아요?"

"허허… 우리 아들이 남겨놓았던 호위병이 온 것 같소. 그러니 일단 믿어봅시다."

"우리 숀이요? 그럼 무조건 믿어야죠. 호호……."

불안한 가운데서도 숀의 얘기가 나오자 샤롯데는 조용히 웃었다.

아들에 대한 든든함 때문이다.

그리고 그에 화답이라도 하듯이 마침내 대륙 유일의 킹까테말로 꼴라의 무시무시한 괴성이 울려 퍼졌다.

캬오오오~!

"끄아악~~! 괴, 괴물이다!"

그리고 또 한 명의 복면인의 입에서 실로 처절한 비명이 터져 나왔다.

눈 덮인 숲은 그렇게 지독한 몸살을 앓고 있었다.

3

꼴라는 이 세상에서 유일하게 숀의 명령에만 따른다.

그가 다른 사람에게 친절하게 구는 경우는 숀과 아주 밀접한 관계에 있는 사람에 한정됐다. 파비앙에게 살갑게 구는 것도 알고 보면 이런 뜻이 숨어 있었다.

하긴 이천 년 이상을 살아온 영물인 데다가 그 가진 바 능력도 상상을 초월하는 녀석이니 그럴 만도 했다.

어쨌든 그 녀석은 요즘 잔뜩 골이 나 있었다.

숀이 숲에서 지낼 때는 언제나 자신과 함께하더니 인간

세상으로 내려간 이후부터는 달라진 탓이다.

"꼴라, 먹지 마. 먹으면 안 돼."

"꼴라, 그 사람에게 함부로 하면 안 된다."

"꼴라, 멈춰! 일단 너는 내가 부를 때까지는 나오지 마라."

태어나 처음으로 모시게 된 주인, 숀은 인간 세상에 가자
마자 전부 안 된다, 그러지 마라, 아예 숨어 있어라 등 언제
나 자신은 뒷전이었다.

그러다가 결국 최근에는 다시 산에 남아 있으라고 했으니
어찌 기분이 좋을 수 있었겠는가.

카르르… 캬오오!

우르릉~~

그게 스트레스로 쌓였는지 꼴라는 요즘 심심하면 한 번씩
산꼭대기에 서서 포효를 하곤 했다.

그러면 산에 존재하는 모든 짐승과 몬스터는 두려움에 떨
며 어찌할 바를 몰라 했다. 그야말로 폭군의 등장이다.

오늘도 녀석은 할 일이 없어서 그런지 냅다 소리를 지르
며 뒹굴거리다가 문득 주인인 숀의 명령을 떠올렸다.

"너는 무조건 저 두 분을 보호해야 한다. 만에 하나 두 분 중

누구라도 다치거나 일이 생기면 그땐 각오해야 할 거야. 알겠지?"

끄덕끄덕.

손은 꼴라에게 참으로 특별한 존재였다.

녀석은 이천 년을 넘게 살아오면서도 손처럼 지독하고 강한 데다가 시간이 흐를수록 더욱 무서워지는 인간은 단 한 번도 본 적이 없었다.

그랬기에 설혹 드래곤이 앞에 있어도 고개를 숙이지 않는 킹까테말로 꼴라가 스스로 종을 자처했던 것이다.

그리고 그런 인간의 명령은 그 어떠한 경우에도 지켜야만 했다.

그게 약육강식의 세상에 적용되는 유일한 법이었다.

"일단 평소 숲에서 나는 소리와 다른 소리가 들려오면 무조건 확인부터 해라. 그게 아무리 사소해도 마찬가지야."

꼴라가 여기까지 떠올리고 있을 때 마침 그의 귓가에 이질적인 소리가 들려왔다.

사박사박.

"다시 한 번 말하지만 절대 죽여서는 안 된다. 무조건 사로잡아야 하니 모두 신경 바짝 쓰도록."

"알겠습니다!"

꽤 멀리서 들려오는 소리였지만 꼴라는 낯선 자들의 대화 내용을 정확히 들을 수 있었다. 그리고 그 뒤를 이어 들려오는 인간들의 대화 소리도 들렸다.

그들은 바로 자신이 보호해야 하는 사람들이다.

그것을 깨닫자 꼴라의 마음은 갑자기 바빠졌다.

벌떡!

패엥~~!!

갸르릉~ 갸르르릉~~!

녀석은 갑자기 몸을 일으키더니 그야말로 쏜 화살처럼 눈부신 속도로 산꼭대기에서 뛰어내렸다.

그러고는 숨 쉴 틈도 없이 계곡 쪽으로 사라져 버렸다.

그런데 한 가지 이상한 것은 지금 꼴라가 달려간 방향은 방금 전 말소리가 들렸던 곳과 정반대라는 점이다. 뿐만 아니라 녀석이 향한 계곡 쪽에서는 기괴한 소리까지 들려왔다.

캬오오~~!

크헝~!

우오오우~~!

꼴라의 소리와 함께 여기저기서 비명과 비슷한 소리는 물론 구슬픈 울음소리까지 터져 나왔던 것이다.

그리고 잠시 후, 다시 꼴라가 모습을 나타냈다.

녀석은 나타나자마자 아까 소리가 난 방향을 잠시 가늠해보는 것 같더니 또다시 바람처럼 달리기 시작했다.

그리고 그런 녀석의 뒤로 검은 그림자들이 따르고 있었다.

아직 정체가 무엇인지 도저히 알 수 없는 그런 존재들이 말이다.

"결국 저희들로 하여금 더욱 무례하게끔 만드는군요. 정히 그러시다면 그렇게 해야겠지요. 이제 더 이상 봐줄 필요 없다. 쳐라!"

"네! 이야압~!"

쉬칵! 챙! 창창! 챙!

꼴라가 소리의 진원지 근처에 도착했을 때 그곳에서는 복면인들이 루카스 부부를 위기로 몰아넣고 있었다.

그것을 느끼자 꼴라의 움직임이 더욱 신속해졌다. 녀석의 뒤를 따르던 그림자들이 따라잡을 수 없을 정도의 빠르기다.

"여, 여보……."

"샤롯데!"

그렇게 꼴라가 장내에 도착했을 때 루카스의 검이 부러졌고 이어서 샤롯데의 목에 복면인의 검이 대어졌다.

그 광경을 보는 순간, 꼴라의 머릿속에는 화가 나서 잔뜩 흥분해 있는 손의 영상이 빠르게 스쳐 지나갔다.

만일 여기서 저 여자가 당한다면 자신은 그 성질 더러운 주인에게 맞아 죽을지도 몰랐다.

거기까지 생각이 미치는 순간, 꼴라의 작은 손이 바닥에 떨어져 있던 돌을 잡았고 그것은 번개보다 빠르게 날아가 샤롯데를 위협하고 있는 복면인의 미간을 그대로 강타해 버렸다.

"끄악!"

챙그랑~!

"뭐, 뭐냐?"

샤롯데의 목에 검을 대고 있던 자가 갑자기 비명을 지르며 검을 땅에 떨어뜨렸다.

그러자 다른 자들도 놀라서 얼른 주변을 살펴보았다. 하지만 겨우 어른 주먹만 한 꼴라가 눈 덮인 땅 사이로 빠르게 움직이고 있는 것을 발견할 수는 없었다.

"으아악~~!"

풀썩.

"모두 조심해라! 뭔가가 나타났다!"

그러는 사이 꼴라는 또 한 명을 간단하게 쓰러뜨렸다.

실로 무서운 솜씨다.

그런데 이때 방금 쓰러진 자의 옆에 있던 복면인이 꼴라와 눈이 딱 마주쳤다.

그 순간, 꼴라가 이해할 수 없을 정도로 커지더니 날카로운 이빨까지 달린 입을 쩍 벌리며 괴성과 함께 그자를 향해 무서운 속도로 질주해 갔다.

캬오오오~!

"끄아악~~! 괴, 괴물이다!"

꼴라는 그 큰 입으로 그의 허벅지를 덥석 깨물더니 그대로 숲 쪽을 향해 집어던져 버렸다.

하지만 진짜 무서운 일은 그 뒤에 일어났다.

"흐억! 대, 대장님! 저, 저쪽을 보십시오!"

"이, 이런! 말도 안 돼. 저건 사스콰치잖아!"

"그, 그것도 한두 마리가 아닙니다! 으어……."

세 번째 희생자가 난 후 비명이 난 쪽을 바라보던 복면인들은 그야말로 기겁을 하고 말았다.

이름은 들어 봤지만 단 한 번도 본 적이 없었던 눈의 몬스터 사스콰치가 무려 열 마리나 등장했던 것이다.

그들이 아무리 마나를 다루는 실력을 가지고 있다고는 해도 겨울에는 오우거보다 강한 몬스터로 알려져 있는 사스콰치를 열 마리나 상대할 수는 없었다.

그랬기에 복면인들의 리더는 재빨리 주변을 살펴보다가 루카스와 샤롯데를 기절시키기 위해 급습을 가했다.

그래야 그들을 데리고 함께 사라질 수 있기 때문이다.

"죄송합니다. 타핫!"

부웅~!

"억! 샤롯데!"

리더는 먼저 쉬운 상대인 샤롯데를 노렸다.

그녀가 쓰러지면 루카스도 함부로 행동할 수 없다고 판단한 탓이다.

이대로라면 샤롯데는 리더의 검 자루 뒤에 얻어맞아 기절할 것이 분명했다.

그런 위기의 순간…

캬오오~~!

슉~ 픽!

"커헉!"

털썩!

마치 빛살처럼 꼴라가 날아들더니 리더의 배를 그대로 받아버렸다.

그리고는 위엄 있는 표정을 지으며 사스콰치들을 향해 갑자기 소리를 질러댔다.

캬우우! 캬오캬오!

워어어어~~!

쿵! 쿵!

그러자 그 흉포한 사스콰치들이 그에 화답하듯 정신없이 뛰어오더니 복면인들을 하나씩 낚아채 올렸다.

정신을 잃지 않은 자들도 반항 한번 할 수 없을 만큼 강하고 빠른 움직임이다.

"크악! 놔라! 이놈아!"

커엉! 컹컹!

픽픽!

"켁!"

그나마 정신이 있는 복면인들이 사스콰치의 손아귀에서 벗어나기 위해 고함을 지르며 발버둥을 쳤지만 그건 오히려 화근이 되어 돌아왔다.

사스콰치들이 그 무자비한 손으로 그들의 머리통을 때려 기절시켰던 것이다.

그러고는 순식간에 왔던 곳으로 사라져 갔다.

"네, 네가 손이 남겨놓았다는 우리의 호위병인가?"

그 모습을 멍하니 지켜보던 루카스가 문득 뭔가 떠올랐는지 얼른 뒤를 돌아보며 꼴라를 향해 이렇게 말했다.

끄덕끄덕.

갸르릉~ 갸릉~

그러자 꼴라가 언제 그렇게 살벌한 짓을 저질렀냐는 듯 평소의 그 귀여운 표정을 지으며 갸릉거렸다.

"어머, 정말 귀여워요. 이 귀염둥이가 어떻게 그 무서운 사스콰치들을 부릴 수 있었을까요?"

"그러게 말이오. 휴우… 어쨌든 일단 집으로 돌아갑시다. 가서 뭔가 대책을 세워야 할 것 같구려."

루카스가 집 쪽으로 발걸음을 돌리자 샤롯데가 꼴라를 향해 상냥한 미소를 지으며 말을 붙였다.

"그래요. 귀염둥이야… 너도 같이 갈까?"

쪼르륵…

갸릉갸릉~

순간 꼴라는 잽싸게 그녀의 품속으로 쏙 들어가 버렸다. 오랜만에 함께 지낼 수 있는 친구라도 만난 것처럼 뻔뻔스럽게 말이다.

Chapter 02

위기중첩?

건들면 죽는다

1

　　루카스와 샤롯데가 꼴라의 등장으로 위기를 간신히 모면
하던 시간, 슌과 그의 부대는 사방이 탁 트인 평야 지대를
달리고 있었다.

　　실로 용맹하고 무서운 기세의 진군이었지만 그들을 상대
해야 하는 적들의 눈에는 조금 달라 보였다.

　　특히 테우신 영지의 총사령관 해럴드에게는 더더욱.

　　"이보게, 부관. 기사대장 월터 쪽 상황은 어떤지 보고해
보게."

　　이미 성에서 나와 영지 입구 근처에 진을 펼쳐 놓고 있는

테우신 영지군의 지휘 막사에서 해럴드가 묵직한 음성으로
입을 열었다.

그러자 그의 부관이 얼른 대꾸했다.

"네! 그들은 우선 평야가 끝나가는 지점에 완벽한 마법
부비트랩을 설치했습니다. 그로 인해 적들이 그곳을 통과하
는 순간 말들은 발목을 잘리게 될 것입니다. 또한 그 바로
뒤쪽에는 보병 천인 부대가 모두 창을 든 채 매복 중입니다.
부비트랩에 당하지 않은 적들을 공격하기 위해서지요."

그의 보고대로라면 손의 연합군은 끔찍한 상황을 피하기
힘들 것 같았다.

"그럼 기사단들은?"

"기사단 네 개 모두 기마 부대와 함께 철저하게 숨은 채
때를 기다리고 있습니다. 마법 부비트랩과 매복 작전이 끝
나면 그때 나서서 마지막 남은 잔당들을 도륙 낼 예정이지
요."

언젠가 칼베르토가 손 등에게 보고한 대로 테우신 영지에
는 블랙 기사단 외에도 아직 네 개의 기사단이 건재한 상황
이었다. 각각 일백 명으로 구성된 기사단인만큼 그 전력은
가히 대단하다고 할 만했다. 그런 기사단이 기마대와 함께
공격해 온다면 멀쩡한 군대라고 해도 큰 혼란에 빠질 것이
분명했다. 하물며 일차, 이차 피해를 입은 후 간신히 살아남

은 병력이라면? 거의 몰살이라고 봐도 무방할 터였다. 어째서 해럴드가 테우신 백작에게 큰소리쳤던 것인지 이해가 가는 장면이기도 했다.

"흐음… 좋아, 그렇다면 이제 기초적인 무대는 제대로 꾸며진 것이로군. 부관!"

"네! 사령관님!"

"그들은 어떻게 되었나?"

그런 데도 또 다른 준비가 되어 있었는지 해럴드는 갑자기 부관을 부르며 뜬금없는 질문을 던졌다.

"우리와 약속한 장소에서 신호를 기다리기로 했습니다. 그곳에는 이미 제2 마법병단주 메우신 마법사가 그들과 함께하고 있습니다. 때문에 언제든지 사령관님께서 명령만 내리시면 즉각 출동할 수 있을 것입니다."

"후후… 이거야말로 미꾸라지 새끼 한 마리도 도망칠 수 없는 완벽한 포위망이라고 할 수 있겠군. 그럼 놈들은 지금 어디까지 와 있는가?"

보병과 기사단, 그리고 기마 부대 외에 또 다른 군대가 있었던 모양이다.

그들이 누구인지는 몰라도 해럴드는 부관의 보고를 듣자마자 비로소 안심이 된 듯 미소를 지으며 다시 입을 열었다.

"방금 전 보고에 따르면 적들은 현재 가수르 평야 지대를 통과하는 중이라고 합니다."

"그렇다면 이곳에서 마냥 기다리고 있을 문제가 아니로
군. 나가서 직접 봐야겠어. 잠시 후 지옥문으로 들어설 자들
의 면상이 어떻게 생겼는지 약간은 궁금하거든."

그러자 부관을 비롯한 그의 측근들이 얼른 따라 나가며
그를 전망대 쪽으로 안내했다.

"이 위에서 드워프제 망원경으로 보시면 적들이 오고 있
는 것이 보일 것입니다."

"알았네. 올라가 보세."

그들이 주둔하고 있는 진지는 테우신 성에서 그리 멀지
않은 곳이다.

하지만 이곳은 주변에 나무와 수풀이 드문드문 펼쳐져 있
어서 쉽게 눈에 띄지 않았다.

대신 자신들은 망루를 높게 만들어 외부를 관찰할 수 있
었는데 작전 사령부로는 그만인 셈이다.

어쨌든 그런 상황 속에서 해럴드와 그의 측근들은 제법
튼튼하게 만들어진 망루에 올랐다.

"여기 있습니다. 드워프제 망원경입니다. 이것으로 북서
쪽을 살펴보시면 적들이 이동하고 있는 모습이 보일 것입니
다."

"어디……."

해럴드는 부관이 가져온 망원경을 눈에 대고 숀의 군대가 이동하고 있는 곳을 살펴보기 시작했다.

처음에는 먼지 때문에 잘 보이지 않다가 이윽고 그들의 면면이 조금씩 확인되었다.

그 가운데 그의 눈을 가장 크게 사로잡은 인물이 있었다.

그다지 잘생기지는 않았지만 어쩐지 지혜롭다는 느낌을 갖게 하는 외모의 마법사였다.

"이보게, 부관."

"네, 사령관님."

"크롤 영지군에 배신한 마법사 칼베르토 말고 또 쓸 만한 마법사가 있었나?"

그 인물이 주는 느낌이 강렬해서 그랬는지 해럴드는 망원경에서 눈을 떼지 않은 채 부관에게 질문을 던졌다.

"칼베르토 마법사와 비교될 만한 마법사는 없습니다만 그나마 렌탈 영지 마법사로 알려진 멀린이라는 자가 조금 쓸 만하다는 보고가 있었습니다."

부관의 말대로 지금 해럴드의 시선을 사로잡은 사람은 멀린이었다.

해럴드는 속으로 어쩐지 멀린이 자신의 영지에 있던 칼베르토 마법사보다 더 현명할 것 같다는 생각을 하며 다시 망원경을 움직여 다른 곳을 살펴보았다.

"멀린이라… 말을 타고 이동하는 것이 좀 이상하기는 하지만 저 사람이 틀림없는 것 같군. 가만… 저자는 또 누구지? …헉!"

바로 그때, 그의 눈에 포착된 또 한 사람이 있었다.

이제 겨우 스무 살이나 되었을까 싶은 젊은 청년이었는데 그는 바로 이 청년 탓에 헛바람을 집어삼키고 말았다.

황당하게도 그 청년이 자신을 바라보며 의미심장한 미소를 짓는 것 같았기 때문이다.

착각이라는 생각을 하면서도 해럴드는 망원경을 눈에서 떼며 부관에게 이런 질문을 던졌다.

"부, 부관, 지금 이곳에서 적들이 오고 있는 가수르 평야까지의 거리가 얼마나 되나?"

그러자 부관이 곧바로 대답했다.

"약 15킬로미터쯤 될 것입니다."

"그 거리에서 육안으로 이쪽까지 볼 수 있는 사람은 없겠지?"

"당연하지요. 사령관님께서도 망원경 없이 그쪽을 한번 살펴보십시오. 보이는 것이 있는가 말입니다."

"……."

부관이 이런 말을 하기 전에 이미 해럴드는 맨눈으로 가수르 평야 쪽을 바라보고 있었다.

하지만 망원경으로 볼 때와는 달리 그쪽 방향은 그저 멀리 있는 산맥만 희미하게 보일 뿐이었다.

거기까지 확인한 그는 얼른 다시 망원경을 들어 다시 한 번 그 청년이 있는 쪽을 살펴보았다.

씨익.

그러자 또다시 그 청년과 눈이 마주쳤다.

상식적으로 진짜 마주칠 가능성은 없었지만 소름끼치게도 청년은 해럴드를 똑바로 바라보며 마치 비웃듯 다시 한 번 미소를 날렸다.

그로 인해 그는 얼른 망원경을 부관에게 건네주며 이런 지시를 내렸다.

"헉! 이, 이건 말도 안 돼. 우연이겠지. 그렇지만 우연치고는 정말 재수 더럽게 없는 우연이로군. 이보게, 부관. 자네가 이 망원경을 들고 내가 가리키는 쪽을 한번 살펴보게."

"제, 제가요?"

"어서 보라니까!"

"알겠습니다."

"그쪽에 뺀질거리게 생긴 청년 보이나?"

부관이 자신이 알려준 쪽을 열심히 살펴보는 것 같아 보이자 해럴드가 다시 이렇게 물었다.

"아, 저자가 아마 크롤 백작군의 총사령관인 것 같습니다. 정찰병들의 보고와 일치하거든요. 그런데 왜 갑자기……."

"저렇게 어린 녀석이 총사령관이라고? 흐음……."

부관의 말에 해럴드의 미간에 주름이 잡혔다.

왠지 찜찜했던 것이다.

하지만 곧 그는 이런 현상이 날씨 탓이라고 여겼다.

그러면서 한편으로는 저 뺀질거리는 녀석만큼은 죽이는 것보다 사로잡고 싶다는 욕망이 치솟았다.

"이보게, 부관."

"네, 사령관님."

"지금 즉시 모든 병사들에게 적 사령관을 생포하라고 전하게. 이건 명령일세."

"알겠습니다!"

어차피 이번 전쟁은 지고 싶어도 질 수가 없을 만큼 완벽한 계획을 세운 상태다.

그랬기에 해럴드는 그저 기분이 나쁘다는 그 이유 하나만으로 이런 명령까지도 내릴 수 있었다.

그러는 동안에도 숀의 부대는 시시각각 테우신 영지군이 만들어놓은 함정을 향해 달려오고 있었다.

　사실 어느 영지에나 뛰어난 마법사들이 한둘은 있게 마련
이다.

　비록 마나 서클의 고하는 존재했지만 어차피 고위급 마법
사가 몇 안 된다는 것을 감안해 보면 각 영지의 차이는 미미
하다고 볼 수 있었다.

　하지만 숀의 진영에 있는 마법사들은 그들과 확실하게 구
별되는 특징이 있었다.

　그건 바로 체력이다. 무지막지한 숀을 통해 대두된 마법
사들의 체력 강화 훈련은 실로 혹독했다.

　앉아서 책이나 읽거나 연구만 하던 마법사들을 산으로 내
몰아 쉴 새 없이 굴려댔으니 얼마나 힘들었겠는가.

　두두두두.

　마법사가 훈련된 기마병들과 똑같은 조건으로 이동하는
경우는 없었다.

　그랬기에 전쟁에서 마법사는 늘 늦게 등장했고 다들 그것
을 당연시 여겨왔다.

　그런데 지금 숀의 부대에 있는 마법사들은 그 상식을 제
대로 깨고 있었다.

　전원이 모두 기마대와 함께 달리고 있었던 것이다.

"훈련을 받을 때는 미친 짓 같았는데 막상 전쟁에 나서 보니 잘했다는 생각이 드는군. 아무리 말을 타고 달려도 힘든 줄을 모르겠거든. 자네들은 어떤가?"

"그건 저희도 마찬가지입니다. 예전에는 마차를 타고 반나절만 이동해도 지쳤었는데 지금은 직접 말을 몰고 달려도 지치기는커녕 갈수록 힘이 솟는 것 같습니다!"

그중 로브를 푹 뒤집어쓰고 있는 칼베르토가 달리면서 말을 꺼냈고 그 뒤를 이어 한때 단데스 자작 영지의 마법사였던 길버트가 대꾸했다.

둘 다 외부에서 들어온 마법사들이지만 이제는 그 누구보다 손에게 충성을 바치고 있었다.

"예전에는 저희 마법사들이 기마대와 함께 달리며 전쟁에 참가한다는 것은 상상도 하지 못했었습니다. 그런데 막상 이런 상황을 맞이하고 보니 정말 뿌듯하군요."

"하하, 그런가? 하지만 진작부터 이런 생각을 했어야 했네. 마법사나 기사나 어차피 마나를 사용하는 사람들 아닌가."

"이론적으로는 그렇습니다만 그것을 알면서도 실천하기는 어렵지요. 이런 기적을 창출할 수 있었던 것은 오로지 주군 덕분이라고 할 수 있지요."

뒤쪽에서 이런 말이 들려오자 멀린과 손이 흐뭇한 표정을

지었다. 곧 적군의 코앞에 도달하기 직전인데도 별다른 긴
장감도 없는 모양이다. 물론 그만큼 자신감이 넘친다는 뜻
이겠지만.

"자, 이제 슬슬 뭔가 나타날 시점이 된 것 같군. 저쪽에서
자꾸 이쪽을 힐끔거리는 것을 보니 말이야."

"네? 그게 무슨 말씀이십니까?"

"아무 말 하지 말고 어서 마법 탐지를 해보게. 이 근처에
뭔가가 있을 거야."

"앗! 네……."

이제 척하면 착이다. 멀린은 궁금한 것이 많았지만 손이
그렇게 말하자 얼른 주변을 마법으로 스캔 해보기 시작했
다. 그러자 곧 뭔가가 감지되었다.

"이런… 어서 행군을 멈추어야 할 것 같습니다. 전방 1킬
로미터 지점쯤에 마법 부비트랩이 감지됩니다!"

"전군, 속력을 늦춰라!"

"속력을 늦추어라!"

6서클 마스터나, 혹은 7서클의 마법사가 설치한 마법 부
비트랩이라면 절대 감지해 낼 수가 없다. 그러나 그 이하라
면 멀린의 스캔을 벗어날 수가 없었다.

만일 멀린의 마법 수준이 5서클이었다면 그렇다고 해도
감지하기 힘들었을 것이다. 그 정도였다면 최소 50미터 안

에는 들어섰어야 겨우 알아차렸을 터였다.

지금 멀린처럼 달리는 말 위에서 무려 1킬로미터 전방에 펼쳐진 마법 부비트랩을 알아내려면 최소한 6서클 이상의 마법사여야 가능했다.

그랬기에 테우신 측에서도 안심하고 이런 함정을 준비할 수 있었던 것이다.

어쨌든 일단 함정의 실체를 알아낸 이상 무모한 행군만을 지속할 수는 없었다.

쉰이 재빨리 명령을 내리자 그 뒤를 따라 일천팔백 명이나 되는 기마대가 질서 정연하게 속도를 떨어뜨리기 시작했다.

"다들 잘 들어라. 이제 곧 다시 전속력으로 달리다가 멈추라는 명령이 떨어지면 그때 일제히 멈추기 바란다. 무슨 말인지 알겠나?"

"알겠습니다!"

"그럼 바로 이동하라!"

"이동하라!"

두두두두!

쉰이 명령을 내리자 모든 병력들이 즉각 바람처럼 달렸다.

속도를 늦추었다가 달려서 그런지 그 기세는 실로 대단해 보였다.

'가장 먼저 마법사들을 찾아내서 처리해야 한다. 그러기 위해서는 그들을 동요하게 만드는 것이 우선이겠지. 후후…….'

사실 숀이 굳이 아군을 적의 함정 쪽으로 달려가게 한 이면에는 이런 생각이 숨어 있었다.

이미 들판 너머에는 수많은 적들의 기척이 감지되고 있었지만 그중 누가 마법사인지는 쉽게 알아낼 수가 없었다.

그런 상황에서 적과 싸우게 되면 아무리 마나를 다룰 줄 아는 병사들이라 해도 피해가 발생할 가능성이 높았다.

마법사들은 원거리에서 갑자기 마법을 쏟아내기 때문에 기사들도 꺼려 하는 자들 아니던가.

그러나 아군이 이렇게 달려가다가 갑자기 마법 부비트랩 앞에서 멈추게 되면 분명 마법사들은 당황할 것이고 그 정도 낌새면 충분했다.

숀의 영민한 감각이 마법사들의 위치를 금방 추적할 수 있다는 뜻이다.

바로 그때, 마치 그것을 증명이라도 해주려는 듯 아주 작지만 숀의 정신을 번쩍 들게 하는 은밀한 속삭임이 들려왔다.

"온다. 모두 준비해라."

"이미 모든 준비는 끝난 상태입니다. 부비트랩을 건드는 순간 마법도 폭사될 것입니다."

그건 바로 매복을 이끌고 있는 적 지휘관과 마법사들의 대화가 분명했다.

그것을 깨닫는 순간 숀의 입에서 일갈이 터져 나왔다.

"멈춰라!"

"멈춰라!"

"워어어~!"

히이이잉~~!

그러자 숀의 연합군 전체가 재빨리 말을 제어했다. 그러고는 곧 마법 부비트랩을 코앞에 두고 일제히 정지했다. 실로 놀라운 기마술이다.

하지만 테우신 영지군 입장에서는 감탄만 하고 있을 때가 아니었다.

하필 이 넓은 평야 지대에서 자신들이 설치해 놓은 부비트랩과 한두 발 정도만 남겨놓고 적들이 멈추어 섰으니 얼마나 애가 탔겠는가.

특히 매복을 준비해 놓고 있는 마법사들과 그들을 지휘하고 있는 기사대장 월터는 당장 뛰쳐나가서 적들을 때려주고 싶을 정도였다.

하지만 그렇게 쉽게 감정이 흔들릴 만큼 월터는 어리석지 않았다. 그는 오히려 날렵한 기사 한 명을 불러내 명령을 내렸다.

"백인대장, 기사 루프!"

"네, 대장님!"

"자네는 지금 당장 기마대 백인 부대를 이끌고 부비트랩 바로 반대편에서 적들을 유인하라. 만일 놈들이 다른 곳으로 돌아가게 되면 낭패이니 반드시 부비트랩을 지나서 진격할 수 있도록 해야 한다. 할 수 있겠나?"

"목숨 걸고 명을 이행하겠습니다! 부대원들은 나를 따르라!"

"네!"

지금 상황에서는 가장 시기적절한 작전인지라 그들의 대화를 엿듣고 있는 손마저 감탄할 정도였다.

'저자는 무조건 사로잡아야겠군. 이런 상황에서 저렇게 냉정을 유지하며 가장 알맞은 작전을 구사하는 것을 보면 꽤 괜찮은 인재라고 할 수 있지. 다만 상대가 나라는 것이 불운일 뿐… 이미 마법사들의 위치는 어느 정도 파악했다. 이럴 때 미끼까지 던져 주었으니 한편으로는 고마울 정도야. 이것 참 재미있는걸. 후후…….'

아무리 작전이 좋아도 기사대장 월터는 실패할 수밖에 없었다.

적 가운데 이미 자신들의 움직임을 훤히 알고 있는 괴물이 숨어 있었기 때문이다.

물론 죽었다 깨어나도 그것을 알 수는 없었기에 여전히 기사 루프가 이끌고 있는 특공대는 숀의 연합군이 있는 쪽으로 빠르게 이동하고 있었다.

Chapter 03

뒤통수치기

건들면죽는다

1

    날이 점점 저물어가고 있는 상황인 데다가 곧 비가 올 듯 날씨마저 흐려서 전장의 긴장감은 한층 더 높아지고 있었다.

    그래서인지 기사 루프와 함께 전면에 나서고 있는 병사들은 적들이 있는 곳과 가까워질수록 더욱 신경을 곤두세울 수밖에 없었다.

    "휴우… 결국 이번 전쟁에서는 우리가 화살 받이겠구먼. 이보게, 아론, 우리 무슨 수를 써서라도 살아남아 보세."

    "자네는 그게 가능할 것이라고 생각하나? 적들이 무려 일 천팔백 명이래. 그것도 기마대로만… 그렇다고 우리들만 도

망칠 수도 없는 노릇 아닌가. 행여 운이 좋아 살아남는다 해도 테우신 백작님이 우리를 그냥 두지 않을 거야. 아니, 그랬다가는 우리뿐 아니라 가족들까지 죽게 될걸?"

루프의 백인 부대 병사들 가운데 아론과 그의 동료는 작은 목소리로 이런 대화를 나누고 있었다.

"하긴… 그 무서운 양반이라면 그러고도 남겠지. 결국 운명은 신께 맡길 수밖에 없겠군. 젠장."

"너무 그렇게 절망적으로 생각하지 말게. 우리가 그저 단순한 화살 받이로 나서는 것은 아닌 것 같아. 아까 출발하기 전에 얼핏 들었는데 적들을 약 올려서 함정 쪽으로만 유인하면 된다고 하더군. 그런 임무라면 살아남을 수 있는 확률도 높을 거야."

두 사람의 이런 대화는 주변 동료들에게도 들렸지만 그누구 하나 그들에게 뭐라고 하지는 않았다.

다들 똑같은 심정인 탓이다.

물론 백인대장 기사 루프가 들었다면 즉각 군기 교육감이었지만 다행히 그에게까지 들리지는 않았다.

오히려 전혀 엉뚱한 사람이 듣고 미소 짓고 있었다.

'늘 그렇지만 실제로 전쟁에 나서는 병사들이 무엇을 알겠는가? 지휘관들이 문제지. 아군이든 적군이든 알고 보면 모두 같은 할아버지 왕국의 백성들 아닌가. 최대한 저들의

피해가 크지 않도록 더욱 신경 써야겠어.'

비록 하찮은 병사들의 대화였지만 숀은 그로 인해 자신이 어떤 식으로 전쟁을 해나가야 할지 다시 한 번 고민할 수밖에 없었다. 전생의 그였다면 상상도 할 수 없는 일이다.

어쨌든 그런 가운데 마침내 기사 루프의 백인 부대가 숀의 연합군 앞쪽에 도착했다.

가운데는 테우신 영지 마법사들과 숀과 멀린만이 알고 있는 마법 부비트랩이 설치되어 있었다. 지금은 작전에 나선 기사 루프도 알고 있지만 말이다.

그것을 사이에 두고 대치를 하게 된 상황에서 루프가 말을 몰아 앞으로 나오며 당당하게 외쳤다.

"나는 테우신 영지의 기사 루프다. 당신들은 무슨 일로 우리 영지에 침범한 것인가?"

"기사라는 자가 말을 함부로 하는구나. 네 눈에는 나의 깃발이 보이지도 않는 게냐? 당장 말에서 내려 예를 다하라!"

그러자 연합군 쪽에서 크롤 백작이 자신의 깃발을 들고 있는 부관과 함께 나서서 엄한 목소리로 대꾸했다.

그의 이런 태도에 루프는 당황할 수밖에 없었다.

어쨌든 같은 왕국의 백작임을 확인한 이상 예를 갖추는 것이 옳은 탓이다.

하지만 그의 선택은 속마음과 달랐다. 어찌 되었든 그는 적들을 발작하게 만들어야 하는 임무를 받았으니 당연했다.

"나는 테우신 영지를 지키는 기사이다. 고로 함부로 이 땅에 침입한 당신을 인정할 수 없다. 지금 이 주변에는 이미 우리 영지군들이 포진하고 있다. 나에게 예를 받고 싶다면 지금 당장 항복하고 우리 영주님 앞으로 가자!"

"이런 발칙한 놈 같으니라고! 네놈이 그렇게 주둥이를 함부로 놀리고도 무사할 것 같은가?"

두 사람의 대화 내용은 뒤쪽에 서 있는 손의 연합군들에게도 모두 들리고 있었다.

그건 숨어 있는 테우신 영지군들에게도 마찬가지였다.

워낙 큰 목소리인 데다가 주변이 조용한 탓이다.

"그렇지. 잘하고 있군, 루프. 크롤 백작이 슬슬 달아오르고 있군. 조금만 더 약을 올리고 뒤로 빠지면 걸려들 수 있겠어. 마법사들은 신호를 보낼 준비를 하라."

"네, 대장님."

일단 크롤이 흥분한 것처럼 보이자 기사대장 월터가 희희낙락하며 명령을 내렸다.

적당한 때에 루프의 부대를 불러들이면 적들 모두가 그를 치기 위해 따라올 것처럼 보였기 때문이다.

그야말로 아슬아슬한 심리전이라고 할 수 있었다.

그런데 그때, 그의 예상을 깨뜨리는 황당한 일이 벌어졌다.

갑자기 빼질거리게 생긴 젊은 기사가 나오더니 이런 말을
던진 것이다.

"백작님, 지금은 저런 조무래기 따위를 상대할 때가 아닙
니다. 저들은 그냥 두고 이쪽으로 돌아서 가시지요."

"하긴 그 말도 맞는 것 같군. 전군, 나를 따르라!"

그러자 크롤 백작이 화를 가라앉히며 그의 말대로 병사들
을 움직여 앞을 가로막고 있는 루프 부대를 치는 것이 아니
라 아예 우측으로 돌아가려는 것이 아닌가.

워낙 순식간에 벌어진 일이라 루프는 어안이 벙벙해진 표
정으로 어찌할 바를 몰라 했다.

그건 기사대장 월터도 마찬가지였다.

"저, 저, 저놈은 뭐야? 이대로 두게 되면 부비트랩은 무용
지물이 되고 말 거야. 뿐만 아니라 그 뒤쪽에 매복해 있는 부
대에게도 낭패가 될 게 분명해. 안 되겠어. 저쪽으로 움직일
수 없게끔 뭔가 조치를 취해야겠군. 너는 당장 가서 제1 마
법병단주님을 모셔와라. 당장!"

"알겠습니다!"

월터는 이런 급박한 상황에서 적들의 발걸음을 돌릴 수
있는 방법은 마법밖에 없다고 생각했다. 그랬기에 그는 옆
에 있는 병사를 시켜 모든 마법사들을 지휘하고 있는 마법
사를 불러오게 했다.

그러자 곧 제법 청수하게 생긴 오십 대 초반의 사내가 등장했다. 로브 차림이다.

"부르셨소?"

"아무래도 마법사들이 저들의 길을 차단시켜야 할 것 같습니다. 그냥 두게 되면 우리가 만들어놓은 함정을 모두 피하게 될 것입니다. 가능하겠습니까?"

"물론이오. 원거리 마법을 이용해 겁을 조금 주면 바로 되돌아갈 수밖에 없을 거요."

"제 생각도 그렇습니다. 그럼 부탁드리겠습니다."

기사대장과 마법병단주는 거의 동급이라고 할 수 있었다. 그러나 마법사가 더 나이가 많아서 그런지 월터가 좀 더 조심스러운 태도를 보이고 있었다.

"알겠소. 마법사들은 모두 나를 따르라!"

"네!"

아무리 원거리 마법이라고는 해도 현재 제1 마법병단의 마법사들은 대부분 3서클과 4서클 수준이다. 그런 이상 백여 미터 이상 떨어진 적을 공격할 수는 없었다.

그래서인지 마법병단주는 다른 마법사들과 함께 전용 마차를 타고 이동하기 시작했다.

그런다고 해도 어차피 적들이 알아차릴 수는 없었다.

거리도 거리지만 그들이 숨어 있는 곳은 사방이 모두 숲으로 이루어져 있기 때문이다. 그러나…

"크롤 백작."

"네, 주군."

"나는 급히 적 마법사들을 처리해야 할 것 같으니 자네는 이곳에서 대기하다가 내가 신호를 보내면 아까 그 자리로 되돌아가게. 무슨 말인지 알겠나?"

"알겠습니다."

적진에 숨어 있는 마법사를 하나씩 처리하려면 아무리 손이라고 해도 모습을 보일 수밖에 없을 것이다. 그렇게 되면 그들에게 괴물로 낙인찍힐 수도 있었다.

그게 찜찜해서 고민을 하고 있었던 차였는데 그들이 고맙게도 한꺼번에 모여서 움직이고 있으니 얼마나 기분이 좋았겠는가.

손은 크롤에게 명령을 내리고 순식간에 모습을 감추어 버렸다.

본격적인 뒤통수치기가 시작된 것이다.

2

마법사들은 마나를 가지고 있지만 체력은 일반 병사보다 못하다.

워낙 움직이기를 싫어하고 대부분 나이가 많은 집단이라 그럴 수밖에 없었다.

게다가 말을 타는 경우도 거의 없다 보니 지금처럼 갑자기 이동을 하려면 결국 마차를 이용할 수밖에 없는 것이다.

"병단주님, 마법을 썼다가 적들이 너무 놀라서 미리 난장판이 일어나도 괜찮을까요? 저는 지금 그게 걱정입니다요."

"허허… 게이논 마법사는 너무 앞서 가려고 하는군. 우리의 이번 임무는 그저 적들을 놀라게 하는 거네. 그래야 놈들이 우리가 미리 설치해 놓은 부비트랩에 걸려들 테니 말이야. 그러니 그 점을 명심해서 너무 강력한 공격 마법은 피하게. 모두 알겠는가?"

"알겠습니다!"

현재 마차 안에 타고 있는 마법사들은 방금 입을 열었던 게이논이라는 마법사와 대답을 해주던 제1 마법병단주를 비롯해 모두 다섯 명이었다.

그중 게이논과 그 옆에 앉아 있던 마법사가 3서클 마스터였으며 맞은편에 있는 자가 3서클 유저, 그리고 마차 밖을 멍하니 보고 있는 자가 4서클 유저급 실력자였다.

마법병단주가 4서클 마스터임을 감안해 본다면 꽤 무서운 집단이라고 할 수 있었다. 그것을 알고 있기에 병단주도 이런 주의를 줬던 것이지만.

두리번두리번. 껌벅껌벅.

이렇게 마차 안에 있던 마법사들이 이런저런 대화를 나누고 있을 때 실로 기이한 현상이 벌어졌다.

바로 마차 지붕 쪽에 두 개의 눈동자가 선명하게 나타났던 것이다.

지붕을 덮고 있는 것은 목재였기에 그림이 아니고서는 이런 현상이 나타날 리가 없었지만 눈동자가 이리저리 굴러다니는 데다가 깜박거리기까지 하는 것을 보면 절대 그림은 아니었다.

그리고 놀랍게도 그 눈동자의 주인은 바로 숀이었다.

그는 지금 중원에서만 주로 사용했던 신비막측한 은신수법을 사용해 마차에 들러붙어서는 안까지 면밀히 살피고 있는 중이다.

벌건 대낮에 버젓이 이런 일을 할 수 있는 사람은 대륙을 통틀어도 그밖에 없을 터였다.

'후후… 귀여운 녀석들이로군. 어디 보자… 우선 창가 쪽에 앉아 있는 자부터 처리해 볼까? 마나 보유량으로 보아 하니 4서클 유저 정도 되겠네. 히히.'

사라락.

숀은 첫 번째 목표물로 창밖을 멍하니 보고 있는 마법사를 선택했다.

대략 오십 대 후반쯤 되어 보이는 그자는 백발에 푸른 눈을 하고 있었는데, 무슨 생각을 하고 있는지 멍해 보여 사냥감으로는 최고라고 할 수 있었다.

그런 사람이 아니라고 해도 숀이 노리는 이상 달라질 것은 없었겠지만 말이다.

아무튼 신기하게도 숀의 눈동자는 창가에 있는 늙은 마법사를 향해 스르르 흘러갔다. 하지만 너무 방심을 하고 있었던 것일까?

"허억! 저, 저게 뭡니까?"

"왜, 왜 그래?"

"갑자기 왜 그리 놀라는 겐가? 헛것이라도 본 게야?"

마법사 중 한 명인 게이논이 그 눈동자를 보고 만 것이다. 그 바람에 그는 크게 소리를 질렀고 순식간에 마차 안은 혼란스러워졌다.

동료들은 같이 호들갑을 떨었고 병단주는 엄한 표정으로 분위기를 단속했다.

"저, 저기를 보십시오."

"어디? 뭐가 있다는 겐가?"

"이, 이럴 리가… 분명 방금 전 저 벽에서 눈동자가 저를 바라보고 있었습니다! 믿어주십시오!"

게이논이 마차의 벽을 가리키며 소리를 질렀으나 이미 그곳에는 아무것도 없었다.

그는 억울하다고 하소연을 했지만 믿어주는 사람은 단 한 명도 있지 않았다. 그들은 모두 시선을 원래대로 돌려 버린 것이다.

그런데 바로 그때, 아무것도 없던 벽에서 또다시 두 개의 눈동자가 나타나 유일하게 그쪽을 바라보고 있던 게이논을 노려보았다.

"으악~! 매직 미사일!"

푸슝~ 콰앙!

순간 공포에 정신이 나간 게이논이 벽을 향해 다짜고짜 마법을 날렸다.

그 바람에 마차 벽에 구멍이 나고 말았다.

쉬이잉~

"아니, 이 사람이 미쳤나! 이게 무슨 짓인가?"

"바, 방금 또 나타났단 말입니다! 정말입니다!"

뚫린 구멍으로 매서운 겨울바람이 들이닥치자 마법병단 주는 화가 났던지 버럭 소리를 질렀다. 동료들도 그를 미친 사람 바라보듯 냉정한 눈빛으로 보고 있었다.

그랬기에 게이논은 거의 울 것 같은 목소리로 또다시 억울함을 호소했다.

하지만 실내에 있던 모두는 지금 한 사람이 사라졌다는

사실을 전혀 인식하지 못하고 있었다.

사라진 마법사가 워낙 말 수가 없는 데다가 지금 상황이 혼란스러운 탓이다.

"가장 이성적이고 지성적인 마법사라는 사람이 왜 그렇게 멍청한가? 상식적으로 어찌 달리고 있는 마차의 벽에 눈동자가 나타날 수 있다는 게야? 어서 정신 차리지 못할꼬!"

"죄, 죄송합니다. 하지만 저도 너무 억울합니다. 몇 번이나 다시 보았지만 저 벽에는 분명 인간의 눈동자가 저를 바라보고 있었습니다요. 크흑."

얼마나 답답했는지 나이가 오십이 넘은 게이논은 결국 눈물까지 흘리고 말았다.

마법병단주 입장에서는 더욱 짜증이 나는 일이었지만 계속 그에게만 신경을 쓸 수도 없었다. 다른 마법사의 입에서 또다시 경악성이 터졌기 때문이다.

"병, 병단주님! 사라졌습니다! 저쪽에 앉아 있던 크세온 마법사가 없습니다!"

"그건 또 무슨… 허어… 크세온! 크세온, 어디 있는가!"

"……."

방금 전만 해도 자신들의 코앞에 앉아 있던 사람이 증발해 버렸으니 얼마나 놀랐겠는가.

게이논의 마법 때문에 마차 벽에 구멍이 뚫리기는 했지만 그건 겨우 쥐 새끼 한 마리나 출입할 수 있는 크기였다.

마차 문이 열렸던 것도 아닌데 도대체 그는 어디로 감쪽같이 사라졌을까?

밖에서 들어오는 찬바람만큼 실내의 분위기는 급속히 차가워지기 시작했다.

"어서 마차를 세워라!"

"알겠습니다! 이봐, 마부, 어서 마차를 세우게!"

"……"

상황을 알아보려면 일단 마차를 멈추게 해야 한다고 판단한 마법병단주가 게이논 옆에 앉아 있는 마법사에게 명령을 내렸다. 그에 마법사가 큰 목소리로 마부에게 그 명령을 전달했지만 어찌 된 일인지 마부는 아무런 대꾸도 없었고 마차도 멈추지 않고 달리기만 했다.

"끙, 이 사람이 귀가 먹었나. 이보게, 마부! 마차 세우라는 말 안 들리나? 어서 대답하게!"

촤악~

"……"

결국 마법사가 자리에서 일어나 앞쪽으로 가서 커튼을 열고 다시 한 번 소리쳤다.

그러나 또다시 아무런 대꾸가 없자 그는 마차 창문으로 목을 내밀어 마부석 쪽을 살펴보다가 그대로 사색이 된 얼굴로 도로 들어왔다.

"병, 병단주님! 큰일 났습니다!"

"이번에는 또 무슨 일인가?"

자꾸 예기치 않은 상황이 벌어지는 것이 마음에 들지 않았는지 되묻는 병단주의 말 속에는 짜증이 묻어 있었다.

"마부가… 마부가 없습니다!"

벌떡!

"뭣이라고! 그게 사실인가?"

"네, 마부석 쪽에는 개미 새끼 한 마리도 보이지 않습니다."

그 한마디에 실내에 있는 모든 마법사의 얼굴에 짙은 그늘이 드리워졌다.

지금 이 안에 있는 사람들은 마법은 잘할지 몰라도 마차를 모는 방법은 모르고 있는 것이다. 아니, 알고 있다고 해도 무섭게 달리고 있는 마차에서 마부석으로 이동해 마차를 몰 수 있는 담력은 없었다.

"누가 앞으로 가서 어서 마차를 세워라! 이대로 가다가 낭떠러지로 떨어지거나 사고가 나게 되면 큰일이다."

"……."

마법사 한 명이 실종된 일 따위는 이미 이들의 뇌리에서 사라진 지 오래였다.

당장 자신들의 목숨이 위험할 수도 있는데 거기까지 생각할 여유가 있을 리 없었다.

오죽하면 마법병단주가 직접 명령을 내리고 있는 데도 누구 한 사람 대답을 하지 않고 있겠는가.

두두두두두… 쉬이잉~

마차는 가속도까지 붙었는지 달리는 속도가 더욱 빨라지고 있었고 게이논이 뚫어놓은 구멍에서는 살을 엘 것 같은 찬바람이 더욱 세차게 들어왔다.

"정녕 용기 있는 자가 아무도 없다는 말인가?"

"제, 제가 해보겠습니다."

"오, 드루킨 마법사. 그럼 어디 자네가 한번 해보게."

"네!"

마법사들 중에서 가장 서클이 낮은 드루킨이라는 자가 나서자 병단주의 얼굴에 화색이 돌았다.

서클이 낮은 대신 그나마 나이도 이들 중에서는 젊기 때문에 희망이 있다고 생각한 것이다.

하지만 그 희망은 오래가지 못했다.

드루킨이 마부석으로 옮겨 타기 위해 창문을 나가자마자 처절한 비명을 질렀던 것이다.

"끄아아아악~~!"

"이, 이게 무슨 소리지?"

"어서 앞쪽을 살펴보게!"

놀란 다른 마법사들이 바로 창밖을 살펴보았지만 그의 모습은 그 어느 곳에서도 발견되지 않았다.

그렇게 갈수록 무섭고 두려운 공포가 남은 마법사들을 휘감았다.

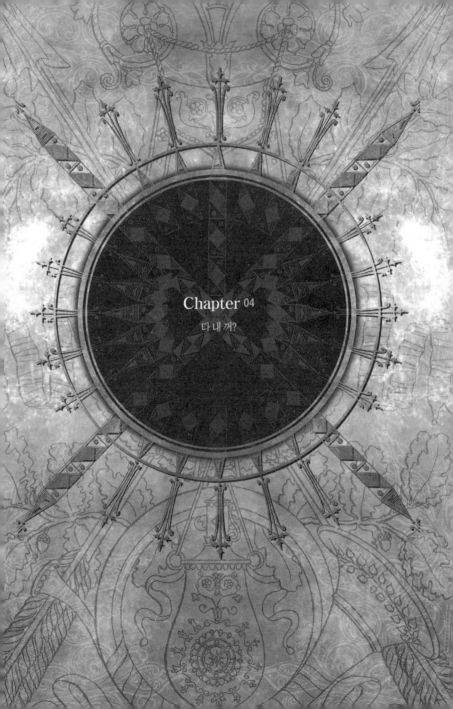

Chapter 04

다 내 꺼?

건들면 죽는다

1

어차피 숨어 있는 테우신 영지군의 진영에서부터 마법 공격이 가능한 지역까지의 거리는 약 5킬로미터 정도 된다.

마법사들이 모두 마차를 타고 이동한다고 해도 약 10분 정도는 소요된다.

슨은 그 시간까지 계산해서 천천히 즐기면서 그들을 무력화시키고 있었다.

"자… 자네도 이 속에 들어가서 푹 쉬고 있게. 여기는 바람을 막아주는 데다가 공간이 좁아서 서로의 체온을 느낄 수 있으니 그리 춥지는 않을 거야."

"……."

숀이 지금 데려다가 아래로 집어던진 사람은 바로 드루킨 마법사였다.

그는 마차 창문으로 나오자마자 갑자기 자신의 코앞에 숀의 얼굴이 나타나는 바람에 너무 놀라 비명과 함께 기절했다가 방금 전 깨어났던 것이다.

하지만 그렇다고 말을 하거나 움직일 수는 없었다. 그것은 숀이 혈도를 짚어놓았기에 그랬던 것이지만 거기에 대한 지식이 없는 그로서는 안색이 창백해질 만큼 겁에 질려 있을 수밖에 없었다.

그나마 아래로 떨어지기 직전에 그의 눈에 들어온 광경은 참담했다.

이곳은 숲 속 어딘가에 있는 제법 큰 구덩이 속이었는데, 그 속에 이미 먼저 실종되었던 마법사 크세온과 마부가 쓰러져 있었던 것이다.

"어허… 발버둥 치려고 해 봐야 소용없네. 내가 이미 자네들을 마법으로 마비시켜 놓은 상태거든. 얌전히 잘 있으면 해치지는 않을 것이니 안심해도 돼. 그럼 이따가 다시 만나세. 나는 가서 남아 있는 자네 동료들도 데려와야 하거든. 내가 늦게 가면 그들은 마차와 함께 박살 날지도 몰라. 하하하!"

"……."

손이 이렇게 떠드는 동안에도 드루킨은 그 어떤 행동이나 말을 할 수 없었다.

다만 지금 이 안에 있는 나머지 두 사람도 자신과 별다를 것이 없다는 것만 깨달았을 뿐이다.

그렇게 세 사람이 겁에 질린 채 눈동자만 굴리고 있을 때 손이 순식간에 사라져 버렸다.

두두두두두.

손이 다시 나타난 곳은 마차가 달리고 있는 허공 위였다.

그는 마치 바람처럼 편안하면서도 빠르게 마차로 접근해 갔다.

그러고는 또다시 시야에서 증발했다.

"병, 병단주님, 마법을 써서라도 여기를 탈출해야 하는 것 아닙니까?"

"기다려 보게. 나도 지금 방법을 찾고 있는 중일세."

마차 안에서는 게이논이 병단주를 향해 이런 질문을 던지고 있었다. 그나마 병단주가 가장 실력 있는 마법사였기에 그에게 의존할 수밖에 없었다.

병단주는 자신이 알고 있는 모든 마법을 떠올려 보았지만 그 어떤 해법도 찾아낼 수 없었다. 그나마 최후의 수단이라고 할 수 있는 것은 실드 마법을 치고 마차에서 뛰어내리는 것이 고작이다.

그러나 그런 경우 목숨은 건질 수 있을지 몰라도 온몸이 망가질 것이 분명했다.

실드는 물리적인 공격을 막는 마법이지 신체 전체를 강타하는 힘을 완전히 막을 수 있는 마법은 아니기 때문이다.

"큰일 났습니다! 앞쪽에 낭떠러지가 있는 것 같습니다! 어, 어떻게 할까요?"

"조용히 해라. 지금부터 내가 자네들에게 실드 마법을 걸어줄 테니 걸리자마자 바로 마차에서 뛰어내리도록 해라. 알겠지?"

"뛰, 뛰어내리라고요?"

지금 마차의 속도는 실로 무시무시했다.

말들이 마부가 없었기에 거의 날뛰다시피 한 데다가 내리막길에서 속도를 줄이지 못해 가속도까지 붙은 탓이다.

이런 속도의 마차에서 뛰어내렸다가는 몸이 산산조각 날 것이 뻔했다. 아무리 실드 마법을 받는다고 해도 어마어마한 고통을 감수해야 할 터였다.

그래서인지 되묻고 있는 게이논의 얼굴은 창백하다 못해 하얗게 질려 있었다.

그런데 이때, 그런 지시를 하고 있는 마법병단주의 표정도 그리 좋아 보이지는 않았다. 뭔가 더 있는 것 같은 표정이다.

아직은 그게 뭔지 알 수 없었지만.

"시간이 없다. 그나마 목숨이라도 건지고 싶으면 내 말대로 해라!"

"알겠습니다!"

위험한 도박이라고 해도 지금 그들에게는 선택의 여지가 없었다.

그것을 알기에 두 사람은 두 눈을 질끈 감으며 큰 목소리로 대답했다.

"게이논, 앞으로!"

"네!"

"그대에게 모든 위험에서 벗어날 수 있는 신의 은총을 내리겠노라. 아메무라 기시리히 가흠~ 실드~!"

비비빙~

마법병단주는 게이논을 불러내더니 신중한 표정으로 주문과 함께 마법을 펼쳤다.

그러자 게이논의 몸을 투명한 막이 감싸주었다.

"지금이다! 뛰어!"

순간 마법병단주가 버럭 소리를 질렀고 그 소리를 듣자마자 게이논이 엄청난 기합과 함께 마차의 문을 발로 걷어차며 뛰어내렸다.

"으아아아아~~!"

콰앙!

"시간이 없다. 보빈, 앞으로!"

"네! 병단주님!"

"그대에게 모든 위험에서 벗어날 수 있는 신의 은총을 내리겠노라. 아메무라 기시리히 가흠~ 실드~!"

또다시 병단주의 주문과 함께 투명한 막이 보빈을 감쌌다. 원래 실드 마법은 4서클에 올라서야 쓸 수 있다. 미리 메모리 했던 마법이 아니었기에 활용할 때마다 긴 주문을 외울 수밖에 없었던 것이다.

"뛰어!"

"꼭 살아서 뵙겠습니다! 이야아압~!"

쾅!

그렇게 두 사람이 시야에서 사라지자 병단주는 가만히 눈을 감았다.

그러고는 힘없이 중얼거렸다.

"휴우… 적과 싸우다가 죽는 것이라면 이렇게까지 슬프지는 않았을 텐데… 하지만 그래도 두 녀석을 살릴 수 있었으니 이만 하면 꽤 괜찮은 인생이라고 할 수도 있지 않을까? 허허."

연속 두 번이나 마나 소모가 큰 마법을 썼기 때문에 자신에게는 실드 마법을 쓸 수가 없었던 것이다.

어째서 아까 그렇게 어두운 표정을 지었던 것인지 이제야
밝혀지고 있었다.

애초부터 그는 수하들을 살리고 자신은 죽을 각오를 했었
던 것이다.

바쁘게 허공을 누비던 손은 다시 마차 위로 돌아와 그의
이런 생각을 알게 되었다. 그래서인지 가만히 고개를 끄덕
였다.

'적이지만 훌륭하군. 수하들을 위해 살신성인을 할 줄 알
다니… 제법이야.'

그는 이런 생각을 하면서도 그다지 서두르는 법이 없었
다.

이미 마차가 낭떠러지 코앞까지 가고 있었는 데도 말이
다. 아니, 어쩌면 아무리 그라고 해도 이미 늦었다고 판단해
포기했는지도 몰랐다.

코앞이라고 여겨지던 그 순간, 어느덧 마차가 아래로 추
락했던 것이다.

두두두두~ 파앗!

하지만 동시에 손의 신형도 사라졌다.

*　　　*　　　*

"아직 아무것도 보이지 않는 것이냐?"

마법사들이 무서운 일을 겪고 있다는 것을 전혀 모르고 있는 기사대장 월터가 망원경을 들고 있는 자신의 부관에게 질문을 던졌다.

그러자 부관이 곧장 대답했다.

"네, 대장님. 거리상 몇 분 정도 더 걸릴 것 같습니다."

"하여튼 마법사들은 답답해. 이럴 때 조금만 더 빨리 움직인다면 얼마나 좋아. 이대로 시간이 더 흐르면 적들은 중앙 지역에서 완전히 이탈할 수도 있을 텐데… 쯧쯧."

"그건 걱정하지 마십시오, 대장님. 제가 방금 살펴보니 희한하게도 적들은 중앙에서 우측으로 약간 벗어난 지점에서 더 이상 움직이지 않고 있습니다. 우측으로 더 가면 숲이 우거져 있어 아무래도 찜찜했던 모양입니다."

"하긴… 우리 사령관님께서도 그 점을 생각해서 함정 지점을 선정했던 것 아닌가. 적들에게도 병법의 기본을 아는 자가 있을 터… 굳이 매복이 유력시 되는 쪽으로 이동할 생각은 하지 못하겠지. 그나마 다행이로군. 이럴 때 마법사들이 공격을 하게 되면 틀림없이 매복이 있다 여기고 행군 방향을 중앙 쪽으로 돌릴 게 분명해."

사실 이 모든 작전을 계획한 사람은 테우신 영지의 총사령관 해럴드였다.

그는 병법에도 조예가 깊었기에 친히 영지 주변을 돌며 가장 이상적인 함정 지점을 정해주었던 것이다.

그리고 그 이면에는 이처럼 적이 함정 지점을 이탈할 수 있는 경우도 예상했었다. 그랬기에 좌우로 숲이 있는 평야 지대를 선택했던 것인지도 몰랐다.

하지만 점점 시간이 흐르고 있는 데도 마법사들이 이동한 쪽에서는 아무런 움직임이 없었다.

그게 자꾸만 기사대장 월터의 신경을 거스르고 있었다.

2

테우신 영지의 제1 마법병단주 리들리는 자신이 지금 죽어서 저세상에 온 것이라고 생각했다. 그러면서도 속으로는 투덜거리고 있었다.

'허 참… 죽었는 데도 꼭 마차를 탄 것처럼 불편한 느낌이 들다니…이거 정말 웃기는군.'

죽었다면 구름을 타고 이동을 하든가, 아니면 하다못해 그냥 둥둥 떠서 이동을 해야 하는 것 아닐까? 그는 이런 생각을 하며 괜히 억울했다. 그렇지 않아도 마차를 타고 가다가 죽었건만 죽어서도 마차를 탄 느낌이라니…

자신의 생명을 희생해 가며 두 명의 목숨을 살린 대가치고는 너무한 것 같았다. 그런데…

"휴우…혹시 우리 병단주님께서 돌아가신 것은 아니겠지?"

"절대 돌아가시면 안 돼! 저분께서는 우리를 위해 목숨까지 버렸던 분이라고. 으흑……."

"맞습니다! 평소에는 그렇게 엄하셨던 분인데 우리같이 허접한 마법사들을 살리려고 당신은 죽음까지 각오하셨습니다. 그런 분인만큼 더더욱 꼭 살아게서야 합니다! 그래야 은혜를 갚을 것 아닙니까?"

모두 다 죽어서 같이 저세상으로 와서 그런 것인지 어이없게도 다른 마법사들의 목소리가 들려왔다.

그 때문에 지금 상황이 몇 배로 더 궁금해졌지만 리들리는 차마 눈을 뜰 수가 없었다.

방금 마법사 게이논과 보빈의 대화로 인해 멋쩍어졌기 때문이다. 특히 마지막에 도가 지나칠 정도로 호들갑을 떠는 보빈의 말에 더 그랬다.

하지만 어쨌든 이런 대화가 오가는 것으로 보아 리들리는 자신이 아직 살아 있다는 것만큼은 깨달을 수 있었다.

게이논이 다시 질문을 던졌다.

"그런데 대체 그 무서운 자는 우리에게 무슨 짓을 해놓은 것일까요? 무엇을 어떻게 해놓은 것인지 말은 할 수 있지만 몸은 여전히 꼼짝도 하지 않습니다. 분명 마법의 한 종류 같기는 한데 저는 이게 어떤 수법인지 전혀 모르겠습니다. 혹시 아시는 분 계신가요?"

그러자 평소 말 수가 거의 없던 크세논이 웬일로 입을 열었다.

"5서클 마법 중에 홀드라는 마법이 신체를 제어해서 일시적으로 움직일 수 없게 할 수 있다고 한다. 하지만 그것은 기껏해야 5분 이내라고 할 수 있지."

하긴 그나마 이 중에는 그의 마법 실력이 가장 높았기에 그렇게 생각할 수밖에 없었는지도 모른다.

그리고 보니 이들은 모두 마차에 앉아 있었지만 각자 자신의 앞만을 똑바로 본 채 양팔은 아래로 축 늘어뜨리고 있었으며 그저 입만 떠들고 있는 것처럼 보였다.

이들의 말처럼 말하는 것 외에는 그 어떤 동작도 할 수 없는 모양이다.

"그럼 마법이 아니라는 말씀이십니까?"

"그건 나도 뭐라고 장담할 수가 없네. 만일 그자가 6서클 마법사라면 페랄리즈 마법을 쓸 수도 있었겠지. 그 마법 증상과 무척 비슷한 것 같거든."

게이논의 질문에 크세논이 여전히 무뚝뚝한 말투로 이렇

게 대답했다.

"에이, 그건 좀 아닌 것 같습니다. 그 사람이 마탑에서 나온 것이라면 몰라도 6서클 마법사라니요. 우리 왕국 마법사도 그 정도는 아니지 않습니까?"

상식에서 벗어난 이야기라고 생각해서 그런지 게이논은 자신도 모르게 약간은 빈정거리듯 말했다.

"그래서 장담할 수가 없다고 한 것 아닌가."

그러자 대꾸하는 크세논의 말소리에 노여움이 잔뜩 묻어났다.

"죄, 죄송합니다. 지금 상황이 답답하다 보니 제가 실수했습니다. 용서해 주십시오."

"됐으니 그만하게."

"네……."

그 대화를 끝으로 다시 실내에는 무거운 침묵이 깔렸다.

그러자 내내 눈치만 보고 있던 마법병단주 리들리가 은근 슬쩍 기침을 하려고 했다. 그런 식으로 이제 막 정신이 드는 척을 하려고 했던 것이다.

그런데 그의 그런 의도는 금방 다시 실패로 돌아갔다.

그 순간, 갑자기 마차가 멈추었기 때문이다.

히이잉~~!

"……."

말 울음소리와 함께 마차가 완전히 정지하자 마법사들 모두의 얼굴에 긴장감이 떠올랐다.

이제 또 무슨 일이 벌어질 것인지 지레 겁부터 났던 것이다.

테우신 영지 사람들이 보았다면 쉽게 믿어지지 않을 장면이었다.

이들이 모두 평소에는 워낙 점잖은 척을 해온 데다가 대단한 실력자 행세를 해왔으니 그럴 만도 했다.

덜컹~!

바로 그때, 갑자기 마차 문이 열리며 밖에서 누군가가 말했다.

바로 슨이다.

"다 왔으니 이제 모두 내리시오."

하지만 그들은 내리기는커녕 앉아 있는 자세 그대로 불평불만부터 토해냈다.

"꼼짝도 할 수 없는데 어떻게 내리라는 겁니까!"

마비를 풀어주지도 않고 움직이라고 하는데 어찌 좋게 대답할 수 있겠는가.

"이 사람들 웃기는군. 정신 나간 소리 하지 말고 어서 나오시오. 다 큰 어른들이 왜 그리 엄살이 심한 거요?"

"아, 글쎄, 움직일 수가 없는데 어떻게… 헉! 이, 이럴 수가…….”

휙~~!

손이 다시 재촉을 하자 이판사판 격으로 버럭 소리를 지르던 게이논이 경악했다. 소리를 지를 때 오른팔을 휘둘러 보았는데 실제로 움직였기 때문이다.

방금 전만 해도 꼼짝도 하지 않던 그 팔이 말이다. 이거야말로 귀신이 곡할 노릇이었다.

“시간이 없으니 어서 내리시오.”

“끄응… 좋소. 우리는 그렇다치고 저분은 어떻게 된 거요? 아까부터 지금까지 꼼짝을 하지 않고 있소. 혹시… 당신이 죽인 거요?”

자신들을 이렇게 만든 자가 누구인지 그게 가장 궁금했지만 게이논과 마법사들은 우선 병단주 리들리의 생사부터 물었다.

원래 마법사들은 기사들에 비해 의리나 동료 의식 같은 것이 부족한 법인데 이들은 조금 다른 것 같았다.

‘병단주라는 사람이 남을 위해 희생할 줄 아는 사람이다 보니 다들 제법 서로 챙길 줄 아는군. 멀린이 잘만 가르치면 우리 마법병단이 더욱 쓸 만해질 수 있겠어.’

케이크 줄 사람은 생각도 없는데 혼자 포크 들고 설치는 꼴이다.

지금 마법사들은 숀을 원수로 여기고 있건만 벌써 수하라도 된 것처럼 이런 꿍꿍이를 갖고 있으니 말이다.

"그자도 살아 있으니 걱정 마쇼. 자자, 더 버티면 진짜로 당신들을 죽여야 할지도 모르니 빨리 내리기나 하는 게 좋을 거요."

"다들 어서 내려라. 어차피 지금 우리에게는 선택의 여지가 없다. 움직일 수는 있지만 어찌 된 일인지 마나조차 쓸 수 없잖은가."

"휴우… 알겠습니다."

어찌어찌 몸은 움직일 수 있었지만 마법을 사용할 수는 없었다. 단 한 점의 마나도 모을 수 없었기 때문이다.

이미 그 점을 느낀 마법사들은 그래서 숀이 더욱 두려웠다.

여기서 무모하게 저항하다가 개죽음을 당하기는 싫었다. 그리고 적이기는 하지만 이상하게도 그가 병단주가 살아 있다고 한 이상 그럴 것이라는 묘한 믿음도 들었다.

그랬기에 그들은 한 명씩 마차에서 내리기 시작했다.

모두 다 내리자 숀이 또다시 마차 가까이 다가가 리들리를 향해 말했다.

"이보슈, 병단준가 뭔가 하는 양반, 당신도 깨어 있는 것 알고 있으니 어서 내리시오. 거기 그대로 엎어져 있으면 마차와 함께 박살 날지도 모르오. 이 마차는 곧 폭발할 거거든."

"끄응… 알, 알겠소."

리들리는 일부러 신음 소리를 크게 내며 겨우 일어나는 척을 했다.

다른 마법사들 보기에 창피했던 탓이다.

그렇게 그들은 모두 마차에서 내렸지만 일순 이곳이 어디인지 전혀 알 수가 없었다. 주변에 워낙 짙은 안개가 깔려 있었기 때문이다. 그게 모두의 기분을 더욱 소름끼치게 만들고 있었다.

아무리 생각해 보아도 자신들의 성 주변에는 이처럼 안개가 심하게 끼는 곳은 없었던 것이다.

3

손이 마법사들을 내리게 한 곳은 테우신 영지 안에 있는 그냥 평범한 밭이었다.

그곳에서 손의 연합군이 있는 곳까지의 거리는 50미터도 되지 않을 만큼 가까웠다.

그런 데도 마법사들이 이처럼 헤매고 있는 이유는 손이 주변에 신비한 진을 펼쳐 놓은 탓이다.

"대체 여기가 어디요? 그리고 당신은 누구요?"

수하들 얼굴 보기가 아직은 조금 겸연쩍었지만 상황이 상황인만큼 가장 먼저 마법병단주 리들리가 질문을 던졌다.

"나는 크롤 백작 연합군의 총사령관 숀이다."

숀이 담담하지만 조금 전과는 달리 완전히 하대를 하며 이렇게 대답했다.

"총, 총사령관이라고? 그럴 수가……."

마법사들의 혼이 빠질 만큼 충격적인 신분이다.

적이라는 것은 진작부터 알고 있었지만 설마 총사령관이라는 자가 직접 나섰을 줄이야… 극히 드문 일이라고 할 수 있었다.

"원래는 그대들을 모조리 죽여서 태워 버리려고 했었다. 하지만 생각해 보니 나나 그대들이 모두 같은 왕국의 사람들이라는 것이 떠오르더군. 우리가 비록 테우신 백작의 파렴치한 짓 때문에 군사를 일으키기는 했지만 그와 같은 사람이 될 수는 없는 일. 그래서 일단은 그대들을 살려두기로 했다."

"우리를 어떤 식으로 다루든 그건 당신 마음이겠지만 그렇다고 당신 뜻대로 움직일 수 있을 것이라는 기대는 버리는 게 좋을 거요. 우리가 비록 마법사들이라고는 해도 모시고 있는 주군을 배신할 만큼 뻔뻔스럽지는 못하기 때문이오."

손의 말에 리들리가 강경한 어조로 이렇게 대꾸했다.

보면 볼수록 일반 마법사들과는 많이 다른 모습이다. 만일 얼마 전 마법사 칼베르토 대신 이자가 왔더라면 훨씬 골이 아팠을지도 모른다는 생각이 들 정도다.

"이 자리에서 그대들을 하나씩 죽인다고 해도 과연 그런 말이 나올까?"

손이 일부러 무서운 표정을 지으며 이렇게 묻자 리들리는 대답 대신 자신의 뒤에 늘어서 있는 다른 마법사들에게 질문을 던졌다.

"자네들은 주군에 대한 의리를 지키다가 죽겠는가? 아니면 저자 앞에 개처럼 기어서 살아남겠는가?"

"그냥 죽음을 선택하겠습니다!"

순간 모두가 한 사람인 것처럼 씩씩하게 외쳤다.

'거 참… 볼수록 탐나는 노인네들이네. 테우신, 그자에게 이렇게 지조가 높은 마법병단이 존재할 줄은 미처 몰랐군. 무슨 수를 써서라도 이자들만큼은 다 내 것으로 만들어야겠어. 시간이 좀 더 걸린다고 하더라도 말이야.'

마법사들의 꿋꿋한 태도를 보며 손이 이런 생각을 하는 사이 다시 리들리가 입을 열었다.

"들었소? 우리는 주군을 배신할 마음이 전혀 없으니 이제 죽이든지 살리든지 마음대로 하시오."

"삐뚤어진 주군을 모시는 것도 큰 죄라는 것을 모르는가 보군. 아무튼 좋아. 어차피 그대들이 항복하지 않는다고 해서 상황이 달라질 것은 없다. 나는 이제부터 당신들 동료들을 혼내주러 갈 것이니 여기 앉아 구경을 하면서 다시 한 번 생각해 보는 게 좋을 거야."

"여기서 대체 무엇을 보라는 말이오? 그런 말을 하기 전에 대체 이곳이 어디인지 그것부터 알려주시오."

목숨을 내걸었으니 무서울 게 있을 리 없었다. 리들리는 이제 아예 따지듯 말했다.

예전 같았으면 주먹부터 날렸을 손이었지만 시간이 흐를수록 인내심이 늘어나서 그런지 그는 발작하지 않고 오히려 미소를 지었다.

"나는 바쁘니 먼저 가겠다. 대신 너희들이 여기가 어디인지 충분히 알 수 있게 해줄 테니 아까 말대로 천천히 구경하면서 좀 더 현명한 판단을 내리기 바란다. 그럼 나중에 보자."

뚜벅뚜벅… 스르르…

"이, 이보시오……."

숀이 말을 끝내자마자 안개 속으로 걸어갔다.

그러자 마치 신기루처럼 그의 모습이 감쪽같이 사라졌다. 거기에 당황했는지 리들리가 얼른 그를 불렀지만 돌아오는 것은 침묵뿐이었다.

그런데 신기한 일은 이게 끝이 아니었다.

손이 사라지고 몇 초 정도 지나자 한순간에 안개가 모두 사라졌던 것이다.

"헉! 이, 이럴수가… 여, 여기는……."

"우리가 도착하려고 했던 지점이 분명합니다. 저기를 보십시오. 적들이 바로 코앞에 있지 않습니까?"

테우신 영지의 마법사들은 비로소 자신들이 처음 목적했던 곳에 와 있다는 것을 깨달을 수 있었다.

"병단주님, 기회입니다. 아직 시간이 많이 지난 것 같지는 않으니 애초 작전대로 움직입시다."

무서운 사람이 사라진 상황에서 적들이 코앞에 있는 것을 알게 되자 게이논이 대뜸 앞으로 나서며 흥분한 목소리로 말했다.

"쯧쯧… 자네는 지금 마법을 사용할 수 있나? 나는 아직 마나가 전혀 느껴지지 않고 있거든."

"윽, 이, 이런… 죄송합니다. 저도 마찬가지이네요."

리들리의 한마디에 그는 금방 시무룩해져서 고개를 숙이고 말았다.

"일단 부대로 복귀하겠다. 가서 지금 상황을 알리고 대책을 마련하는 것이 나을 게다."

"알겠습니다. 그럼 제가 앞장을 서겠습……."

텅!

"으헉! 이, 이건 또 뭐지?"

리들리의 말에 이번에는 서열 2위라고 할 수 있는 크세온이 나섰다가 황당무계한 일을 겪고 말았다.

앞장서서 멀쩡하게 걸어가다가 아무것도 없는 허공에 얼굴을 처박고는 뒤로 물러섰던 것이다.

"자네, 지금 무슨 짓인가? 우리가 어떤 처지인지 몰라서 그런 장난질인가?"

"장난이 아닙니다. 이 앞에 뭔가가 있습니다. 이것 보십시오."

텅텅!

리들리의 핀잔에 크세온이 억울하다는 듯한 표정을 지으며 주먹으로 방금 자신과 부딪혔던 허공을 때렸다.

그러자 크지는 않았지만 묘한 충격음이 들려왔다.

"제가 확인해 보겠습니다. 이야아압!"

다다다다다… 퍼엉!

"으악!"

벌러덩~

그것을 보고 이번에는 게이논이 나섰다.

그는 아예 방향을 바꿔 크세온이 부딪혔던 곳보다 조금

위쪽을 향해 기합을 지르며 달려갔다.

하지만 그 역시 보이지 않는 벽과 박치기를 해버렸고 결국 비명을 지르며 뒤로 벌러덩 나자빠질 수밖에 없었다.

순간 정적이 찾아들었다.

"......."

"......."

"......."

너무 황당하고 기가 막힌 상황 앞에서 모두 말문이 막혀버린 것이다.

그렇게 약 30초 정도 지나자 다시 리들리가 입을 열었다.

"이보게, 보빈."

"네, 병단주님."

"이 중에서 자네가 가장 어리니 주변을 한번 뛰어다녀 보게. 뛰면서 손을 뻗어 어디가 막혀 있는지 확인해 보았으면 좋겠어."

"알겠습니다."

마법사 보빈의 나이도 올해 마흔여덟 살이다.

대륙 사람들의 평균 연령이 60세 정도인 것을 감안해 본다면 그 역시 절대 어리다고 볼 수는 없었지만 늙은 마법사들 사이에 있었기에 이런 대접을 받을 수밖에 없었다.

어쨌든 리들리의 명을 받은 보빈은 열심히 주변을 뛰면서 어디가 막혀 있는지 확인하기 시작했다.

그러고는 곧 마차와 자신이 있는 곳 주변 약 5미터에 걸쳐 투명 차단막이 펼쳐져 있다는 것을 알아낼 수 있었다.

"대체 그자의 정체는 무엇일까? 내가 아무리 스캔을 해보아도 마나의 흔적은 느낄 수 없었다. 그렇다면 마법사는 아니라는 이야기인데 어떻게 이런 전혀 모르는 마법을 쓸 수가 있는 것일까? 으음… 정녕 무서운 자다."

"저기를 보십시오. 결국 적들이 정면을 지나가지 않고 오른쪽으로 우회하고 있습니다."

좁은 공간 안에 갇혔다는 것을 깨달아서 그런지 리들리가 힘없는 목소리로 이렇게 중얼거렸다.

그때 열심히 적들의 움직임을 보고 있던 게이논이 주변을 환기시켰다.

"이건 순전히 저만의 상상인지는 모르겠습니다. 하지만 문득 이런 생각이 드는군요. 적들이 우리가 만들어놓은 부비트랩 앞에서 갑자기 멈추었다가 이제야 움직이는 것은 혹시 우리들을 잡기 위해 그랬던 것이 아닐까 하는 생각 말입니다. 물론 말도 안 되겠지만…….."

"설, 설마요…….."

"그럴 리가…….."

뜬금없는 크세온의 말에 마법사들은 고개를 절레절레 흔

들며 부정을 했다.

　하지만 그런 그들의 얼굴에는 소름 끼친다는 두려움의 표
정이 점점 피어오르고 있었다.

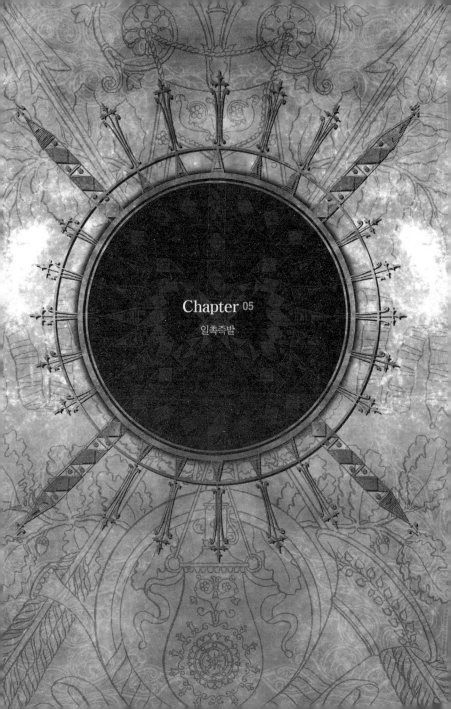

Chapter 05
일촉즉발

건들면죽는다

1

    손이 마법사들을 잡기로 마음먹고 그들을 위험에 몰아넣었다가 구해준 시간은 생각보다 그리 오래 걸리지 않았다.

    마법사들이 진지에서 마차를 타고 출발한 시간부터 따져 보아도 기껏 20분 정도밖에 걸리지 않은 것이다.

    그런 데도 마법사들이 반나절 이상 지난 것처럼 느낀 것은 중간에 한 번 이상씩은 모두 기절을 했었기 때문이다. 하긴 마차에서 튀어나오는 순간 다 그럴 수밖에 없었을 것이다.

    그건 마부도 마찬가지였지만 손은 마부를 미리 정신 차리게 해서 멀찌감치 보낸 상태였다.

어쨌든 그 짧은 시간이 흐르는 동안 테우신 영지의 정예 마법사 집단이라고 할 수 있는 제1 마법병단 전체가 통째로 사라진 것을 꿈에도 모르고 있는 기사대장 월터는 결국 발작하고 말았다.

"아직도 마법사들에게서 아무런 소식이 없는 게냐?"

"네, 대장님!"

"그럼 지금 적들은 무엇을 하고 있는가?"

시간이 흐를수록 월터는 초조해졌다.

어서 작전을 펼쳐야 적들을 시원하게 때려잡을 텐데 아직 꼼짝도 하지 못한 채 마법사들이 공격하기만을 기다리고 있어야 하는 지금 상황이 답답했던 것이다.

"우, 우측으로 이동을 시작했습니다."

"빌어먹을! 이 망할 놈의 느려터진 마법사들 같으니라고! 마차를 타고 겨우 5킬로미터를 이동하는 것뿐인 데도 아직 소식이 없다는 게 말이나 돼!"

그나마 기사대장 월터는 노련한 병법가이다.

만일 그가 그저 검만 앞세우는 여타 기사들과 비슷한 사람이었다면 벌써 흥분해서 앞뒤 가리지 않고 공격 명령부터 내렸을 것이다.

그러나 그는 사태를 냉정하게 분석하기 위해 치솟아 오르는 분노를 가라앉히려 안간힘을 썼다.

"어떻게 할까요? 저대로 두면 후방에 준비하고 있는 창술 부대까지 무용지물이 될지도 모릅니다."

"일단 지금 즉시 연락병들을 보내서 대기 중인 제2 창술 부대원들을 두 번째 매복 지점으로 이동하라고 전해라. 그리고 제1 창술 부대는 즉각 철수시키도록."

"알겠습니다!"

월터는 부관의 보고를 듣고 있다가 좀 더 가라앉은 목소리로 명령을 내렸다.

어차피 숀의 연합군이 우측으로 이동을 해버린 상황이라 제1 창술 부대원들은 무용지물이 될 수밖에 없었다.

"이곳에 있는 모든 부대들도 재빨리 제2 진지로 이동하라. 거기서 다음 명령을 내리겠다. 그리고 연락병들은 지금 즉시 마법사들이 있는 곳으로 가서 그들에게 제2 진지에서 합류하자는 명령을 전달하라."

"알겠습니다!"

냉정을 되찾아서 그런지 월터는 조금도 망설이지 않고 다음 명령을 척척 내렸다.

사실 그들이 있는 방향은 지금 숀의 부대가 내려오는 방향 쪽이다.

그랬기에 자리만 잘 잡으면 아직 기회는 얼마든지 있었

다. 마법사들의 동작이 느려서 마법 부비트랩을 다시 설치
할 수는 없겠지만 그렇다고 그에 상응할 만한 대비책이 아
예 없는 것은 아니었다.

즉 아직은 희망적이라는 뜻이다.

"전 부대원들은 모두 이동하라!"

"이동하라!"

두두두두…

그렇게 테우신 영지군들이 신속하게 움직이기 시작했다.

하지만 이들의 이동 시간은 그리 길지 않았다. 겨우 삼십
여 분쯤 지났을까 싶었을 때 멈추었기 때문이다.

그런데 가만 보니 테우신 영지군들 가운데 기사대장 월터
가 이끄는 부대도 모두 기마대인 것 같았다. 한결같이 말을
타고 달리는 것을 보면 말이다.

사실 실상을 알고 보면 그럴 수밖에 없었다. 이 부대 안에
는 테우신 영지군의 핵심이라고 할 수 있는 네 개의 기사단
과 기마대가 모두 포함되어 있었던 것이다.

그 덕분에 그들은 숀의 부대보다 한발 먼저 새로운 진영
으로 들어설 수 있었다.

"대장님! 제2 진지까지의 이동을 마쳤습니다. 다음 명을
내려주십시오!"

부관의 보고에 기사대장 월터는 네 개의 기사단 중 가장

민첩하다고 정평이 나 있는 블루 기사단을 불렀다.

"가장 먼저 마법 부비트랩을 대신할 수 있는 두 번째 작전을 펼치겠다. 블루 기사단, 앞으로!"

"네! 블루 기사단, 앞으로!"

"앞으로!"

척! 척척!

백여 명에 달하는 한 떼의 기마 무리가 질서 정연한 동작과 함께 앞으로 나섰다.

"너희들은 모두 가서 저쪽에 보이는 나무의 반대편에 있는 나무에 줄을 연결해 놓고 대기하라. 만일 적들이 그 줄에 걸려들면 곧바로 그들의 뒤쪽에서 공격하도록! 알겠나?"

"알겠습니다!"

"어서 서둘러라!"

블루 기사단이 보유하고 있는 줄은 특수 합금으로 만들어진 아주 가는 종류였다.

가늘기는 하지만 워낙 강도가 높아 단단히 고정을 해놓을 경우 달리는 말의 발목을 자르는 것은 간단했다.

비록 마법 부비트랩처럼 폭발할 수는 없었지만 어느 정도 비슷한 효과를 볼 수는 있다는 말이다.

"기마 궁술 부대, 앞으로!"

"앞으로!"

기마 궁술 부대는 최근에 창설한 부대이다.

원래는 없었지만 크롤 영지를 칠 준비를 했던 테우신이 기동력이 뛰어나면서도 효율성이 높은 기마 궁술 부대를 창설했던 것이다.

창설할 때의 생각과는 상황이 정반대로 흘러가고 있었지만 어쨌든 지금 큰 도움이 될 수 있었다. 달리면서 마상에서 활을 쏘게 되면 적들 입장에서는 엄청난 위협이 될 수 있기 때문이다.

"너희들은 이 진지 주변에 매복해 있다가 크게 당해서 도주하는 적들을 노려라. 각자의 위치는 이미 알고 있겠지?"

"알고 있습니다!"

기마 궁술 부대장이 힘차게 대답했다.

이들은 이미 제1 진지나 제2 진지 어디가 되었든 자신들의 자리를 진작부터 숙지하고 있었다. 훈련도 충분히 되어 있는 상태여서 그런지 궁술 부대장은 자신감이 넘쳐 보였다.

그렇게 기마 궁술 부대가 숲 속으로 사라지자 월터는 남아 있는 각 기사단의 단장들과 기마 부대장 등을 불러 모았다.

"애초 계획과 달라진 것은 아무것도 없다. 단지 제1 진지에서 제2 진지로 장소만 바뀌었을 뿐이다. 그런 고로 모든 작전은 처음과 동일하다. 무슨 말인지 알겠는가?"

"알겠습니다!"

아직 월터는 마법사들에게 일어난 비극을 모르고 있었다.

자신들이 당해서 후퇴한 것도 아니고 순전히 적들의 이동 경로가 바뀌어서 이곳으로 온 것이었기에 아직 그와 그의 수하들은 조금도 위축되지 않았다.

"부관."

"네, 대장님."

"아직 마법사들에게 소식을 전하러 간 연락병은 돌아오지 않았는가?"

"조금 더 있어야 도착할 것 같습니다."

제2 진지에 도착해서 주변 보수 작업과 정리를 했지만 아직 시간이 많이 흐른 것은 아니었다. 워낙 최근에 정비를 해놓았던 진지였기에 그다지 손댈 곳이 많지는 않은 탓이다.

그랬기에 부관은 별생각 없이 그렇게 대답했다. 만일 이때라도 뭔가 이상한 낌새를 눈치채고 연락병들부터 기다렸다면 이후 벌어질 전투 양상은 조금 달라졌을지도 모른다.

하지만 부관도, 또 월터도 마법사들에게 무슨 일이 일어났을 거라고는 전혀 짐작하지 못했다.

게다가 바로 그때 손의 연합군이 빠른 속도로 그들이 만들어놓은 함정 쪽으로 달려오고 있었기에 연락병에 대한 생각은 아예 사라져 버렸다.

두두두두…

"적들이 옵니다!"

"나도 보고 있다. 자, 이놈들… 이번에야말로 뜨거운 맛을 보겠군. 조금만 더… 조금만 더 오거라… 흐흐……."

기사단장 한 명이 큰 목소리로 외치자 월터는 의기양양한 미소를 지었다.

이제 곧 적의 말들이 말발굽이 잘린 채 쓰러지는 모습이 보이는 것 같았다.

2

전장의 상황을 보기 위해 망루에 올라갔다가 손과 눈이 마주쳤던 해럴드 사령관은 왠지 찜찜한 기분으로 내려와 자신의 막사로 향했다.

어차피 이길 전쟁인데 굳이 망루 위에서 매서운 겨울바람을 맞아가며 있을 필요는 없다고 판단한 탓이다.

"이보게, 부관."

"네, 사령관님."

"지금 바로 영주님께 보고를 드리게."

"어떤……."

해럴드가 뜬금없이 이야기를 하자 부관이 잘 모르겠다는 얼굴로 고개를 갸웃거렸다.

"적들이 우리가 펼쳐 놓은 함정 안으로 들어왔으니 곧 전쟁이 끝날 것이라고 보고하면 될 거야."

"저기… 그건 조금 더 있다가 보고하는 것이 낫지 않을까요? 아직 조용한 것을 보면 함정에 걸려든 것 같지도 않으니 말입니다."

테우신 영지군의 총사령관을 맡고 있는 해럴드는 검술 실력도 높고 병법에도 조예가 깊은 사람이었다.

하지만 워낙 엘리트 코스를 밟고 성공한 사람이라 그런지 가끔 너무 교만하고 독단적인 성향을 보였다. 그게 그의 유일한 단점이기도 했다.

"어허… 놈들이 우리 작전을 모르고 있는 이상 백이면 백 무조건 함정에 걸려들게 되어 있네. 생각해 보게. 적들도 바보가 아닌데 뻥 뚫려 있는 중앙 쪽 벌판을 두고 매복하기 좋은 좌우측 숲을 통과할 것 같은가?"

"그, 그건 아니겠지요."

"그럼 뭐가 문제인가? 일단 마법 부비트랩에 걸려들면 선두에 달리고 있는 적들뿐 아니라 그 뒤를 바짝 따르고 있는 놈들까지 우수수 쓰러질 것일세. 그렇게 되면 놈들은 혼란에 빠져 우리가 의도적으로 만들어놓은 길을 따라 탈출하기 위해 죽어라고 달릴 게 분명해. 그런데 이걸 어쩌나? 바로 그때 매복해 있던 창술 부대원들이 앞에서 창을 들고 버티게 되면 이번에는 말들이 꼬치가 되어서 쓰러지겠지? 어디 그뿐인가. 바로 그때 우리 영지의 용맹한 기사단과 기마대가 달려들어 우왕좌왕하고 있는 적들의 목을 베어버리면 그대로 끝이 날 게야. 아마 모르기는 몰라도 죽지 않으려고 항복하는 자들이 더 많을걸? 안 그런가?"

두 사람의 대화 속에서 테우신 영지군의 총사령관 해럴드와 기사대장 월터가 꾸미고 있는 작전이 모두 드러났다.

작전대로만 된다면 아무리 무서운 적이 달려온다고 해도 견딜 재간이 없을 것 같았다.

그랬기에 부관도 결국 입을 다물고 말았다. 반박할 여지가 전혀 없었기 때문이다.

"알겠습니다. 그럼 제가 직접 가서 영주님께 보고드리겠습니다."

"잘 생각했네. 지금쯤 영주님도 꽤나 지루하게 기다리고 계실거야. 어서 가보게."

"네!"

그렇게 부관은 지휘 막사를 나와 말에 올라타더니 성을 향해 정신없이 달리기 시작했다.

그 역시도 테우신 백작의 괴팍한 성질을 알고 있었기에 이럴 때는 조금이라도 빨리 보고하는 것이 좋다는 것을 알고 있었다.

"충성! 신 기사 아이작, 위대하고 영명하신 영주님께 보고드릴 것이 있어서 왔습니다."

"말해보게."

아이작이 테우신 백작의 집무실에 들어섰을 때 그 안에는 테우신 백작과 성 방위 사령관 도베르만 자작이 함께 있었다.

방금 아이작에게 말을 던진 사람은 백작이 아니라 도베르만 자작이었다.

백작은 그 뒤에 있는 의자에 앉아 거만한 태도로 위스키를 한 잔 마시고 있었다.

"크롤 백작군이 저희가 펼쳐 놓은 함정 안으로 진입했습니다. 이제 곧 있으면 그들을 모두 일망타진할 것이라는 소식을 전해 드립니다."

"적들이 지금 함정에 걸려들었다는 말인가?"

자신의 말에 또다시 도베르만이 끼어들어 이렇게 묻자 아이작은 순간 등으로 식은땀이 흐르는 것을 느꼈다.

여기서 대답을 잘못 했다가는 크게 혼이 날 수도 있었다.

만일 사실 그대로 아직 함정에 걸려든 것이 아니라고 말을 한다면 감히 영주를 기만한다는 죄목이 붙을 터였다. 그렇다고 거짓말로 벌써 함정에 걸려서 당하고 있다고 말하기도 찜찜했다. 그랬다가 그게 아닐 경우에는 거짓 보고를 했다는 죄로 사형을 당할 수도 있었기 때문이다.

그야말로 진퇴양난이 따로 없었다.

그랬기에 그는 짧은 순간 맹렬하게 두뇌를 회전시켰다.

"제가 지휘 막사에서 떠날 무렵이 적들이 막 함정에 걸려들기 직전일 때였습니다. 지금쯤은 아마 벌써 작전이 시작되었을 것입니다."

"결국 뭔가 완벽하게 결론이 난 상황은 아니라는 말이군. 쯧쯧… 술 맛 떨어지게……."

기껏 영주라는 자가 입을 열어 한다는 소리가 술 맛 떨어진단다.

아이작의 입장에서는 한숨이 나올 노릇이었지만 그렇다고 티를 낼 수는 없었다.

어쨌든 그런 가운데 테우신 백작이 몹시 권태로운 얼굴로 오른팔을 들어 올리더니 휙휙 내저었다.

아이작더러 사라지라는 뜻이다.

그런데 바로 그때, 누군가가 급히 집무실 문을 두드렸다.

똑똑똑…

"영주님, 급히 전해 드릴 전갈이 있어 왔습니다!"

"들어오라."

문이 열리고 늠름하게 생긴 젊은 기사 한 명이 들어섰다. 그는 성안에서 통신과 연락을 담당하고 있는 사람이었다.

"충성! 방금 둘째 왕자님의 친필 서한이 도착했습니다."

"가져와 보라."

"네!"

둘째 왕자의 친필 서신이라는 말에 내내 권태롭게 늘어져 있던 테우신의 자세가 돌변했다. 얼른 제대로 앉더니 서신을 달라고 했다. 그러고는 곧 그것을 읽기 시작했다.

와작!

그러다가 갑자기 편지를 손으로 격하게 구기며 볼멘소리를 했다.

"빌어먹을! 정말 대단한 양반이로군."

그러자 도베르만이 얼른 그에게 다가가며 물었다.

"무슨 일입니까? 각하."

"도베르만 자작만 남고 다 나가라."

"충성! 물러가겠습니다."

명령이 떨어지자마자 젊은 기사와 해럴드의 부관 아이작이 잽싸게 집무실에서 나갔다.

아이작은 서신의 내용이 몹시 궁금했지만 그렇다고 버틸

수는 없었다.

그렇게 두 사람이 사라지자 테우신 백작이 다시 입을 열었다.

"자네가 직접 한번 읽어보게."

"알겠습니다."

테우신이 서한을 건네주자 도베르만이 그것을 받아 얼른 읽어보았다.

그런 그의 얼굴에도 놀라움과 당혹감이 떠올랐다.

"이건 마치 우리 영지가 패배할 것이라 생각하고 쓴 편지 같군요."

"누가 아니래… 아래쪽 읽어봤지? 뭐가 어쩌고 어째? 나에 대한 소문이 이미 안 좋게 날 만큼 났으니 만일 전쟁에서 지게 되면 당신과 우리는 아무런 사이도 아닌 것처럼 행동하라고? 그게 한 나라의 왕자라는 사람이 할 소리야? 제길……."

도베르만이 들고 있는 편지에는 기가 막힌 내용이 쓰여 있었다.

크리스티안은 테우신이 질 수도 있다는 가정하에 냉정하게 꼬리를 잘라내는 내용의 편지를 보냈던 것이다.

이제 막 전쟁을 시작하는 판국에 이런 편지를 받았으니 테우신 입장에서는 기가 막힐 만도 했다.

"하지만 이길 경우에는 크롤 백작과 렌탈 남작이 가지고 있는 영지를 모두 하사하겠다는 내용도 적혀 있습니다. 그러니 너무 노여워하지 마십시오. 어차피 이번 전쟁에서 질 확률은 제로 아닙니까?"

"누가 그것을 모르나? 얼마 전까지만 해도 내가 최고라며 치켜세워 주던 왕자님께서 돌변한 것이 서운해서 이러는 것일세. 자네도 명심하게. 이번 전쟁이 끝나고 나면 어떤 놈이 나에 대해 이런 악의적 소문을 퍼뜨렸는지 반드시 밝혀내야 하네. 아무리 생각해 봐도 그건 크롤, 그놈이 혼자 퍼뜨린 소문이 아니야. 내 측근이나 주변에도 거기에 동조하는 자들이 분명히 있을걸세. 그들을 잡아내야 해. 알겠나?"

원래 테우신 백작에 관한 좋지 않은 소문이 퍼지기 전만 해도 크리스티안은 그를 매우 신임했었다.

하지만 소문이 퍼진 후부터는 확실히 돌변했던 것이다.

이미 테우신이나 도베르만에게 전쟁 자체는 별문제가 아니었다. 아군이 몇 명이 죽든 말든 어차피 이길 전쟁인 탓이다.

그랬기에 두 사람은 실제 전투와는 전혀 상관이 없는 문제를 놓고 골머리를 앓고 있었다.

밖의 상황은 일촉즉발을 향해 달려가고 있는데 말이다.

Chapter 06

반격의 서막

건들면 죽는다

1

두두두두…

마법사들을 잡아놓고 다시 진영으로 돌아온 숀은 도착하
자마자 근처에 있는 병사에게 대뜸 말을 걸었다.

"가서 54인 부대장 크누센과 하인리를 불러오라."

"네! 사령관님!"

하늘과 같은 사람이 자신에게 직접 명령을 내린 것만으로
도 감격했는지 그 병사는 씩씩하게 대답을 하더니 번개처럼
말을 몰아 사라졌다.

그리고 잠시 후, 익숙한 얼굴들이 나타났다.

"충! 하인리와 크누센, 주군의 명을 받들어 왔습니다!"

"어서 오게. 일단 지휘관들 쪽으로 움직이면서 대화하도록 하지."

"네!"

숀이 렌탈 영지 사람들과 처음 접촉했을 때 알게 된 병사들이 바로 하인리와 크누센이다.

그래서인지 숀은 이 두 사람을 조금 더 각별히 신경 써주었다.

그 덕분에 두 사람의 마나는 장족의 발전을 보였으며, 그로 인해 기사들이 많은 데도 54인 부대장을 맡을 수 있었던 것이다.

병사들을 54인씩 끊어 두 개 부대를 하나로 묶은 형태는 숀의 연합군에만 존재하는 특이한 부대 편성 단위였다.

어쨌든 그런 그들이 나타나자 숀은 말을 몰아 천천히 앞쪽으로 이동하며 다시 입을 열었다.

"이번 임무는 자네들이 좀 맡아줘야 할 것 같은데……."

"어떤 일이든 명령만 내려주십시오! 목숨 바쳐 완수하겠습니다!"

과거부터 자신들의 목숨을 구해준 은인인 데다가 삶의 질마저 바꾸어준 사람이다.

그런 데다가 모든 병사들이 가장 존경하는 지휘관이기도

했다. 그런데 무엇을 망설이겠는가.

손의 말이 떨어지기가 무섭게 하인리와 크누셴이 얼른 대답했다.

"약간 위험할 수도 있기는 하네만 그렇다고 목숨까지 바칠 필요는 없네. 왜냐 하면 나는 이미 자네들이 절대 죽지 않을 비책을 알려주었으니까. 그게 뭔지 알겠는가?"

"그, 글쎄요?"

"솔직히 잘 모르겠습니다. 죄송합니다!"

절대 죽지 않을 비책이라고 말하며 어떤 수법을 가르쳐 준 적은 없는 것 같았다.

그랬기에 두 사람은 당혹감을 감추지 못한 채 얼른 고개를 조아렸다.

"하하하! 나는 이래서 자네들이 좋다니까. 어서 고개를 들게. 죄를 지은 것도 아닌데 왜 자꾸 고개를 숙이는가. 그리고 잘 들어보게. 내가 그동안 자네들에게 가르쳐 준 것은 기억하겠지?"

"혹시… 드래곤 바인드 진법을 말씀하시는 겁니까?"

손이 만들어낸 무적의 수법이 바로 드래곤 바인드 진이다. 이것은 36나한진을 기본으로 만들어진 만큼 병사들 서른여섯 명만 있어도 발진이 가능했다.

지금 하인리 부대와 크누셴 부대를 합치면 총 108명이다.

그러면 모두 세 개의 진을 만들어낼 수 있었다. 어째서 하나의 부대를 54인씩 나누고 또 그런 부대 두 개를 함께 묶어서 움직이게 하였는지를 알 수 있는 대목이다.

"맞아. 자네들이 그 진법을 펼치게 되면 설혹 열 배의 적을 만난다고 해도 죽지 않고 후퇴할 수 있다네. 그리고 오늘처럼 자네들이 선공을 할 때도 엄청난 위력을 보여줄 수 있지."

"그, 그 말씀은 혹시… 저희들에게 선봉을 맡긴다는 뜻입니까?"

숀의 담담한 말에 하인리와 크누센의 얼굴에 감격의 표정이 떠올랐다.

전쟁에서 선봉으로 나선다는 것은 그만큼 크게 인정받았다는 뜻도 되었기 때문이다.

"왜? 자신 없는가?"

숙~ 털썩!

숀의 대꾸에 하인리와 크누센이 서로의 얼굴을 마주 보다가 갑자기 말에서 내리더니 고개를 조아리며 외쳤다.

"감사합니다! 정녕 부끄럽지 않은 전투를 선보이겠습니다! 주군!"

"감사합니다!"

상상도 하지 못했던 일 앞에서 그만큼 감동했던 모양이

다. 그들은 이제 정말 죽어도 좋았다.

스윽…

그러자 이번에는 손이 말에서 내려 그들 앞에 쪼그려 앉
더니 은밀한 목소리로 운을 떼었다.

"일어나게. 그리고 진짜 내가 자네들에게 해줄 말은 지금
부터이니 정신 똑바로 차리고 들어보게."

"네! 주군!"

그게 심상치 않았던지 두 사람도 얼른 자세를 바로 하며
경청하는 자세를 취했다.

[일단 우리는 우회해서 다시 진군을 시작할 게야. 조금 늦
었지만 그만큼 더욱 빠르게 달리겠지… 그리고⋯⋯]

이때부터 손의 말은 오로지 두 사람에게만 전달되었다.

하인리와 크누센은 자신들의 뇌리에 전달되고 있는 손의
지시를 들으며 크게 놀랐지만 겉으로는 전혀 내색하지 않고
듣기만 했다. 주군이 이런 식으로 명령을 내리는 것을 보면
그만큼 보안이 중요하다고 생각했기 때문이다.

[내 말을 다 알아들었거든 고개를 끄덕이고 잘 모르겠으
면 가만히 오른손을 들게.]

끄덕끄덕.

"좋아, 그럼 이제 원래 자리로 돌아가서 우선 자네 병사
들에게 내 뜻을 전하게. 그리고 평소와 다름없이 함께 이동

하며 명령을 기다리게. 알겠나?"

"네!"

이미 중요한 이야기는 모두 했으니 굳이 혜광심어를 쓸
필요는 없었다.

그랬기에 숀은 원래 목소리대로 이런 말을 하고는 다시
말에 올라탔다.

하인리와 크누센도 크게 대답하며 역시 말에 올랐다.

"다녀오셨습니까? 주군."

그렇게 숀이 진영의 선두에 있는 지휘관 무리로 돌아오자
크롤과 렌탈, 그리고 멀린이 다가오며 인사를 했다.

"특별한 일은 없었소?"

숀은 만면에 미소를 지으며 지나가는 투로 이런 질문을
던졌다.

"네, 없었습니다."

"좋소. 그럼 이제 슬슬 움직입시다. 적들이 지금쯤 꽤나
답답해할 테니 말이오. 하하!"

"알겠습니다! 모두 다시 진군을 시작한다!"

"진군하라!"

두두두두…

진군 명령이 떨어지자 마치 거대한 용이 울부짖음을 토하

듯 굉렬한 말발굽 소리가 가수르 평야 전역에 다시 울려 퍼졌다.

그것을 지켜보던 손이 이번에는 멀린이 달리고 있는 쪽으로 다가갔다.

그리고 다짜고짜 혜광심어로 말을 걸었다.

[앞으로 약 오 분 정도를 달리면 우측으로 커다란 나무가 한 그루 보일걸세.]

[아… 나무가요?]

다른 사람 같았으면 놀라서 말에서 떨어질 수도 있을 정도였지만 이미 익숙해진 멀린은 오히려 자신도 매직 보이스를 이용해 손만 알아들을 수 있게 대응했다.

[그 나무 곁을 지나는 순간 내가 명령을 할 테니 그때 바로 가장 화려하고 거창한 마법을 한 방 날려주게. 무슨 말인지 알겠는가?]

[화려하고 거창한 마법이요? 어디를 목표로 삼아서 날릴까요?]

이미 6서클 마법사인 멀린이다. 손이 어떤 요구를 하든지 마법을 만들어내는 것은 이제 어렵지 않았다.

하지만 그렇다고 해도 목표도 없이 마법을 마구 난사할 수는 없는 노릇이었다.

[그건 그 큰 나무 뒤를 노리고 날리면 되네. 그렇게 되면

아마 놀라서 심장 쓸어내릴 사람들이 많을 게야. 하하!]

　[아, 적들이 쥐 새끼처럼 그쪽에 숨어 있군요? 알겠습니다. 그럼 그쪽을 향해 큼지막한 파이어 볼을 하나 날려주겠습니다. 허허……]

　이제 두 사람은 주종을 떠나 가장 비슷한 취향을 가진 악동들 같았다.

　멀린도 손이 구체적으로 이야기하지 않아도 그의 뜻을 어느 정도 헤아리게 된 것이다.

　그리고 늘 생각하는 일이었지만 이 어린 주군과 함께하면 그 삭막하고 살벌한 전쟁까지도 게임으로 느껴질 만큼 재미가 있었다.

　멀린이 그런 생각을 하는 사이 손은 혜광심어를 이용해 뒤쪽에서 따라오고 있는 하인리와 크누센에게 명령을 따로 내렸다.

　[하인리, 그리고 크누센, 신호는 바로 멀린 마법사의 파이어 볼이다. 그것이 허공에 떠오르는 순간 공격한다.]

　그러는 사이 어느덧 손의 연합군은 테우신 영지군들이 만들어놓은 함정 근처에 다가가고 있었다.

　그것을 보고 테우신 기사대장 월터는 회심의 미소를 짓고 있었다.

　그런데 바로 그때…

"나무가 보입니다!"

"지금이다!"

멀린이 큰 목소리로 외쳤고 뒤를 이어 숀의 명령이 떨어졌다.

그러자 멀린의 손에서 하나의 불덩어리가 생성되더니 점점 커지기 시작했다.

"파! 이! 어! 볼~~!!"

부아아아아앙~~!!

그리고 실로 무시무시하고 거대한 불덩이가 섬뜩한 기음과 함께 허공을 날아갔다.

동시에 뒤쪽에 있는 일단의 병사들이 마치 번개처럼 빠르게 뛰쳐나왔다.

2

테우신 기사대장 월터는 자신도 모르게 주먹까지 움켜쥐고 숀의 군대가 어서 함정에 걸려들기만을 기다리고 있었다.

이때까지만 해도 이번 전쟁에서 자신들이 당할 일은 전혀 없을 것이라고 여겼다.

그런데 바로 그때 실로 눈알이 튀어나올 만한 사건이 벌어졌다.

"파! 이! 어! 볼~~!!"

부아아아아앙~~!!

어디선가 아련하게 들려오는 목소리가 마법 주문을 영창하는가 싶더니 갑자기 집채만 한 불덩이 하나가 자신의 진영 쪽으로 날아오는 것 아닌가.

"피, 피해라!"

"대장님, 어서 피하십시오!"

"어, 어⋯⋯."

어찌나 놀랐던지 월터는 잠시 말을 잃을 지경이었다.

그가 워낙 병법에 뛰어난 사람이라 더 놀랐는지도 모른다.

자신들은 쥐 새끼보다 더 은밀하게 움직이고 있다고 생각해 왔다. 주변에 적의 정찰병이 기웃거린 적도 없었고 그런 낌새조차 느껴진 적이 없었는데 대체 어떻게 적들이 이런 마법 공격을 해올 수 있는지 도무지 이해할 수가 없었다.

"어서 이쪽으로 오십시오! 위험합니다!"

쿠콰콰콰콰쾅! 화르르륵~~!

보다 못한 부관이 재빨리 다가와 반쯤 얼이 빠져 있는 월터를 끌어안고 몸을 날렸다.

그리고 동시에 그들이 있던 위치 앞쪽으로 실로 소름이

쫙 끼칠 만큼 무시무시한 폭발이 일어났다. 사방으로 뜨거운 불똥이 튀는 것은 덤이라고 할 수 있었다.

과연 멀린이 날려 보낸 파이어 볼은 과거와는 그 위력에서 현저하게 차이가 났다. 훨씬 무섭고 강력했던 것이다.

그랬기에 이 한 방으로 테우신 영지군의 진영은 극심한 혼란에 빠져들고 있었다.

두두두두…

그리고 그 틈을 이용해 죽어라고 달리고 있는 병사들이 있었다.

바로 하인리와 크누센의 병사들이다.

전장에서 가장 중요한 것은 바로 병사들의 사기다.

사기가 높으면 이기기 어려운 전쟁에서도 승리할 수 있지만 반대로 사기가 떨어지면 다 이긴 전쟁에서도 패하는 경우가 있다.

그랬기에 선봉의 역할은 그 무엇보다 중요하다고 할 수 있었다.

무서운 속도로 질주하며 하인리가 병사들을 향해 외쳤다.

"모두 잘 들어라. 오늘 우리는 선봉을 맡았다. 그게 무엇을 뜻하는지 알고 있겠지?"

"알고 있습니다!"

병사들도 한목소리로 대답했다.

말발굽 소리가 시끄러웠지만 모두의 기세가 워낙 드높아서 그런지 말소리는 또렷하게 들리고 있었다.

하긴 전쟁에서 선봉으로 나섰다가 승리하고 살아남을 수만 있다면 그건 자손 대대로 남길 이야깃거리일 뿐더러 그 자체만으로도 영광으로 남을 수 있었다.

"다시 한 번 말하지만 우리의 가장 큰 무기는 진법이다. 내가 명령을 하면 즉시 드래곤 바인드 진을 펼치도록!"

"알겠습니다!"

지금까지 땀을 흘려가며 훈련에 임해왔지만 마나를 습득하고 거기에 진까지 운용하는 실전은 오늘이 처음이나 마찬가지였다.

그랬기에 하인리와 크누센, 그리고 병사들의 얼굴에는 긴장감과 비장함이 동시에 흐르고 있었다.

그렇게 그들이 본진에서 떨어져 나와 약 1분 정도를 달리고 있을 때 갑자기 두 사람의 귀에 손의 목소리가 들려왔다.

[좌 전방 이백 미터쯤에 적들이 숨어 있다. 놈들을 섬멸하라!]

"좌 전방으로 돌진!"

"와아아아~!"

정면으로 달리던 부대가 갑자기 방향을 바꾸자 가장 놀란 자들은 바로 그곳에 숨어 있던 블루 기사단이었다.

그들은 특수 합금으로 만들어진 함정을 설치해 놓고 기다리고 있다가 그렇지 않아도 방금 전 자신들의 본진에 상상을 초월한 파이어 볼이 떨어지는 것을 보고 의기소침해 있던 참이었다. 아니, 어쩌면 그래서 더더욱 숨을 죽이고 이를 갈고 있었는지도 모른다.

그런데 갑자기 적 기마대 일부가 떨어지더니 다른 부대보다 빠르게 치고 나오는 것 아닌가.

거기까지만 해도 그럴 수도 있겠다 싶었다. 간혹 전쟁에서 공을 차지하기 위해 꼴에 선봉이랍시고 나서는 족속들이 종종 있기 때문이다. 게다가 그들은 기사도 아닌 일반 병사일 뿐이었다.

하지만 막상 그들이 어떻게 안 것인지 자신들이 숨어 있는 쪽으로 곧장 달려올 때는 놀라지 않을 수 없었던 것이다.

"쟤, 쟤네들 뭐냐? 설마 우리 위치를 파악하고 이쪽으로 오는 것은 아니겠지?"

"글, 글쎄요? 제가 볼 때는 이쪽으로 오는 것이 맞는 것 같은데요?"

그것을 보고 테우신 영지군의 블루 기사단장이 얼빠진 소리를 하자 그의 부관이 이렇게 대꾸했다.

어쩌면 이들은 거대한 파이어 볼을 보는 순간부터 약간

맛이 간 것인지도 모른다.

하지만 그렇다고 명색이 기사단장이라는 자가 계속 그럴 리는 없었다. 그는 얼른 고개를 좌우로 흔들며 정신을 차리더니 큰 목소리로 외쳤다.

"블루 기사단은 다가오는 적들부터 주살하라!"

"와아아아~!"

그러자 숨어 있던 기사들이 무서운 기세로 들고 일어나 크누센 병사들을 향해 돌진했다. 그런 블루 기사단원들의 눈에는 가소롭다는 빛이 역력했다.

기사단의 숫자는 백 명. 다가오는 병사들의 숫자도 비슷했다. 그렇다면 이 싸움은 하나마나였다. 아무리 약한 기사라도 최소 서너 명의 병사는 쉽게 처리할 수 있다는 것이 기존 상식이기 때문이다.

그들의 얼굴에 비웃음이 떠오르는 것도 당연했다.

그런데…

"지금이다! 모두 진을 펼쳐라!"

"네!"

우르르르… 척척!

블루 기사단이 목전까지 다가오는 순간 하인리와 크누센이 동시에 명령을 내렸다.

그러자 그들의 병사들은 마상에서 내리지도 않은 채 도합

세 개의 진을 펼쳤다.

드디어 대륙 역사상 처음으로 드래곤 바인드 진이 그 모습을 드러낸 것이다.

하지만 블루 기사단은 그게 무엇을 뜻하는지 전혀 모른 채 가장 앞에 서 있는 병사들을 향해 무섭게 달려들었다.

"죽어라! 이 가소로운 놈아!"

"디스퍼스(disperse)!"

척! 척척!

순간 누군가의 입에서 흩어지라는 명령어가 떨어졌다.

그러자 진에 변화가 일어났다. 가장 선두에 있던 자들이 아주 미묘하게 비켜서며 블루 기사단을 어느 순간 진 안으로 끌어들여 버린 것이다.

그러자 그들의 눈에 크게 놀라는 빛이 떠올랐다.

안에 들어오는 순간 마치 안개가 낀 것처럼 시야가 뿌예지며 적들이 어디 있는지 찾을 수가 없게 되었기 때문이다.

하지만 그들의 곤란함은 그게 끝이 아니었다.

"히트(hit)!"

챙~! 퍽퍽!

"윽!"

"컥!"

이번에는 때리라는 명령과 함께 적들의 검이 날아들었다.

눈으로 볼 때는 무척 느린 것 같았는데 그것이 막상 다가
오자 블루 기사단은 도무지 피할 방법을 찾지 못했다.

그랬기에 순식간에 열 명이나 되는 기사들이 검 등에 급
소를 맞아 쓰러지고 말았다.

만일 손이 될 수 있으면 죽이지 말라는 명령을 내리지 않
았다면 그들은 그대로 차가운 영혼이 되어버렸을 터였다.

"모두 최대한 이곳에서 벗어나라! 어서!"

"……."

그 모습을 보고 놀란 기사단장이 이런 명령을 내렸지만
대꾸하는 자는 아무도 없었다.

그러자 그는 화가 났는지 다시 소리쳤다.

"이 병신 같은 새끼들아! 어서 벗어나라는 말 안 들려!"

"……."

하지만 이번에도 마찬가지였다.

블루 기사단장은 뭔가 이상함을 느꼈지만 어쩔 수 없다는
듯 고개를 흔들다가 갑자기 자신의 앞쪽에 보이는 뿌연 그
림자를 향해 벼락같이 검을 휘둘렀다.

"뒈져라, 이 새끼야!"

슈욱~!

휘청~

그러나 그 그림자는 순식간에 사라졌고 결국 허공을 치게

된 단장은 중심을 잃고 몸을 휘청거렸다.

　바로 그때, 또다시 뿌연 그림자가 나타나더니 말을 던졌다.

　"어리석은 자로군. 너희들은 이미 우리가 펼쳐 놓은 포위망에 갇혔다. 그러니 항복해라. 그렇지 않으면 쓴맛을 보게 될 것이다!"

　그것이 단장의 화를 더욱 돋우었는지 그는 결국 모든 마나를 검에 주입하며 그림자를 향해 미친 듯이 달려들었다.

　"미친 새끼! 어디서 개수작이야! 너부터 죽어라! 이야아아압~~!"

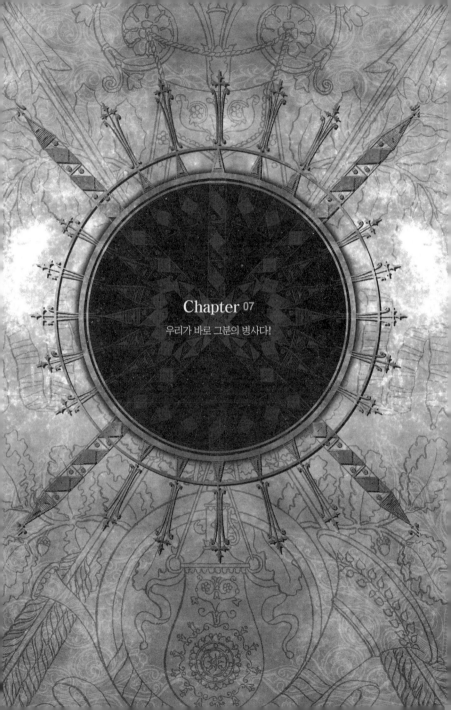

Chapter 07

우리가 바로 그분의 병사다!

건들면죽는다

1

상식적으로 생각하면 병사는 기사를 이길 수 없다.

하지만 손의 병사들은 이미 개인적인 실력으로도 블루 기사단의 기사들과 별 차이가 없었다. 그런 데다가 신기한 진의 도움까지 받고 있으니 말해 무엇하랴.

병사들은 지금 자신들이 기사들을 때려눕히면서도 이 상황을 믿을 수 없었다.

"히트! 히트! 히트!"

까앙~ 퍽!

"크억!"

차차창~~ 빠각!

"켁!"

진의 움직임은 갈수록 빨라지고 있었다.

그에 따라 안개 낀 것 같은 뿌연 현상은 더욱 짙어졌고 그 뒤에 숨어 있는 병사들의 공격도 더욱 신속하고 매서워졌다.

검 빛이 번쩍 하는 순간 여지없이 블루 기사 한 명이 쓰러질 정도다.

게다가 이 진이 무서운 점은 또 있었다. 분명 안으로 들어설 때는 동료들과 함께였는데 지금은 모두 한 명씩 따로 떨어져 있다는 점이다. 아무리 다른 동료를 찾으려고 애를 써 보아도 나타나는 것은 적들뿐이고 그들의 검만이 설치고 다녔다.

그런 가운데 블루 기사단장의 사정도 별반 다르지 않았다.

그는 보이지 않는 적을 잡기 위해 모든 실력을 동원하고 있었지만 여전히 땀만 뺄 뿐 별 소득을 얻지 못하고 있었다.

스으윽…

"개새끼! 죽어라!"

다다다다…

휘청~

이게 벌써 몇 번째 공격인지도 잊은 지 오래다.

하지만 뿌연 그림자만 나타나면 본능적으로 공격을 시작했다. 그래 봤자 계속 아무것도 없는 허공만 벨 뿐이었지만…….

결국 지칠 대로 지친 단장이 허공을 향해 울부짖었다.

"이, 이 개새끼… 헉헉. …치사하게 숨어서 지랄 떨지 말고 당장 나오지 못해? …헉헉."

"기사라는 작자가 검술 실력은 형편없으면서 주둥이만 살았군. 내가 나가면 이길 수 있을 것 같은가?"

놀랍게도 이번에는 거기에 대한 대답이 들려왔다. 중년쯤 된 남자의 투박한 말투로 보아 절대 귀족이나 기사는 아닌 것 같았다.

"너도 사내라면… 헉헉… 제발 좀 나와봐라."

"나가는 것은 어렵지 않다. 대신 한 가지 조건을 걸지. 들어볼 용의가 있느냐?"

블루 기사단장의 말에 방금 전 대답했던 자의 목소리가 다시 들려왔다.

그런데 이번에는 그 말이 전부가 아니었다.

"이봐, 친구, 그냥 때려잡으면 되지 뭘 하려고?"

"이럴 때 우리 실력을 한번 확인해 보는 것도 좋지 않겠어? 이 일은 내가 책임질 테니 나에게 맡겨주게."

"휴우… 알았으니 알아서 해보게."

안개 저편에서 또 다른 누군가가 처음 목소리와 이런 대화를 나누었다.

첫 번째 목소리는 병사 하인리였고, 그 뒤는 그의 친구 크누셴이었다.

크누셴은 이미 끝난 싸움을 두고 하인리가 모험을 하려하자 말렸던 것이다.

"개소리들 지껄이지 말고 조건이나 말해봐라."

"모습을 보일 테니 나와 일대일로 겨루어보자. 내가 이기면 너희들은 모두 항복하고, 반대로 내가 지면 그냥 돌려보내겠다. 어떤가?"

하인리가 말하고 있는 이런 내용은 손이 지시한 적이 없었다. 게다가 만에 하나라도 지게 되면 기껏 잡은 적들을 풀어주어야 한다. 일개 병사가 책임질 수 있는 내용은 절대 아니었다.

그래서인지 크누셴은 다시 한 번 하인리를 말리고 싶었지만 결국 고개를 저으며 뒤로 물러섰다. 친구를 한 번 믿기로한 이상 일이 잘못된 경우에도 같이 책임질 각오를 한 것이다.

"으드득… 그 조건에 응할 테니 어서 나타나라."

"디액티베이트(deactivate)!"

우르르… 척척!

기사단장이 승낙하자 하인리의 입에서 진을 해체하라는 새로운 명령이 떨어졌다.

그러자 블루 기사단원들은 모두 일제히 눈을 가렸다. 내내 뿌연 안개 속에 갇혀 있다가 갑자기 밝아져서 눈이 부셨던 모양이다.

그리고 드러난 상황은 기사단장의 예상보다 훨씬 참담했다. 백여 명이나 되었던 기사단원 중에 멀쩡히 서 있는 대원이 고작 삼십 명도 채 되지 않았기 때문이다.

"방금 전 내가 했던 말이나 너희들 단장이 한 말은 모두 들었을 것이다. 우리는 손 님이 이끌고 있는 대연합군의 기마 병사들이다. 그런 이상 절대 한 입으로 두말하지 않는다. 너희들도 명색이 기사이니 마찬가지일 것이라고 믿겠다."

"빌어먹을… 고작 병사 나부랭이들이라고? 지금 장난하나? 여기에 마법사가 숨어 있는 것을 알고 있으니 어서 썩 나서라!"

하인리의 말에 블루 기사단장이 어처구니가 없다는 듯 버럭 소리를 질렀다.

겨우 병사들이 방금 전과 같은 해괴한 마법의 진을 쓴다는 것이 말이 되지 않는다고 생각했기 때문이다.

"마법사는 없다. 방금 그대들이 당한 것은 우리 주군께서 특별히 가르쳐 주신 드래곤 바인드 진 때문이다. 그러니 헛소리 그만하고 일대일로 싸울 것인지 말 것인지나 결정해라."

"드래곤 바인드 진이라고? 세상에 안개를 만들어내는 진이 있다는 말을 나더러 믿으라는 것인가?"

"정말 우둔한 자로군. 그렇다면 직접 보여주는 수밖에… 진을 다시 펼쳐라!"

"네!"

우르르르… 척척!

다시 한 번 하인리의 명령이 떨어지자 블루 기사단원들의 눈앞에 또다시 뿌연 안개가 펼쳐졌다. 처음에는 아무것도 모르고 당해서 조금 덜했는데 이번에는 병사들이 직접 이런 무서운 진법을 활용할 수 있다는 것을 알게 되어서 그런지 왠지 소름이 끼쳤다.

"디액티베이트(deactivate)!"

사르르…

"이제 믿겠느냐?"

"으음… 정말 무서운 진이로군. 너희들에게 이 진을 가르쳐 준 사람이 누구더냐? 크롤 백작이냐?"

또다시 순식간에 원래의 상태로 돌아오자 결국 블루 기사단장도 진의 위력을 인정할 수밖에 없었다. 그러고는 곧 연합군의 총수로 알고 있는 크롤 백작을 들먹였다.

"우리에게 힘을 주시고 진법을 가르쳐 주신 분은 바로 숀 총사령관님이시다. 그리고 우리가 바로 그분의 병사다!"

"숀? 그자가 누구인지는 모르겠지만 크롤 백작이 계신데 너희들은 그 사람을 더 따르는 것 같군. 좋다. 자꾸 이야기해 봐야 입만 아프군. 이제 어서 겨루어보자. 대신 조금 전했던 약속이나 잘 지키기를 바란다. 물론 우리도 지키겠다. 그럼 누가 나와 겨루어볼 것이냐?"

하인리가 자랑스럽다는 듯 말을 하자 기사단장은 고개를 절레절레 흔들며 화제를 원점으로 돌렸다.

하지만 이때 블루 기사단원들은 이미 얼굴을 일그러뜨리고 있었다. 명색이 기사단인 자신들이 병사들에게 당하고 있었다는 사실이 수치스러웠던 모양이다.

그랬기에 그들은 자신들의 단장이 적들의 우두머리를 통쾌하게 때려잡기만을 속으로 기원했다.

"당신의 상대는 나다. 다시 말하지만 당신이 지게 되면 모두 자발적으로 우리의 포로가 되어야 한다. 동의하는가?"

"내가 이길 경우 우리를 모두 풀어주겠다면 나 역시 동의하겠다."

"당연한 말씀. 그럼 이제 시작해 볼까?"

스르릉…

대답과 함께 하인리가 자신의 허리에 매달려 있는 검집에서 바스타드 소드를 꺼냈다. 비록 명검은 아니었지만 평소 얼마나 아끼고 닦았던지 그 검은 마치 거울처럼 반짝반짝 빛이 나고 있었다.

그러자 이번에는 블루 기사단장이 들고 있던 검을 신중하게 앞으로 내밀었다. 그의 검은 가벼우면서도 날카로운 롱 소드였다.

"나는 기사다. 기사는 그 어떤 대결에서도 최선을 다하는 법이지. 내가 마나를 사용한다고 해서 억울해하지 말라는 뜻이다. 이요옵~!"

비빙…

"그거 재미있군. 나는 병사다. 병사는 수단과 방법을 가리지 않고 살아남는 데 최선을 다하는 법이지. 그러니 내가 어떤 수법을 쓰든 나중에 그것으로 억울해하지는 말거라. 어서 덤벼라!"

블루 기사단장이 하인리를 약 올리기라도 하는 것처럼 검에 푸른색 오러를 잔뜩 뒤집어씌웠다.

농도로 보아 그가 이미 최근에 소드 익스퍼트 초급 마스터 수준에 완전히 올라섰음을 보여주는 한 수다. 이는 마나를 느끼기 시작한 비기너의 수준을 지나 초급 단계에 도달한 이후 또다시 그보다 한 단계 더 발전한 실력을 입증하는 일이기도 했다. 여기서 조금만 더 실력이 향상되면 중급 단계에 접어드는 것이니 말해 무엇하랴.

하지만 하인리는 조금도 겁을 먹지 않은 채 오히려 그런 그를 약 올렸다.

그리고 그게 신호인 듯 기사단장의 몸이 허공 높이 떠올랐다.

"건방진 병사 놈, 맛 좀 봐라! 이얍!"

부웅~!

2

오러가 주입된 검은 일반 무기로 절대 막을 수 없다.

그럴 경우 바로 부러지거나 박살 나버려서 오히려 더 위험할 수도 있기 때문이다. 그런 데도 하인리가 자신의 바스타드 소드로 기사단장의 검을 막을 것처럼 액션을 취하자 블루 기사단원들의 입가에 조소가 떠올랐다. 그런데…

휘익~~

위잉~ 휘청~!

"윽, 이런 미꾸라지 같은 놈. 피하는 데는 아주 도가 텄구나."

막 단장의 검을 막을 것 같았던 하인리가 극적인 순간에 그 공격을 피해 버렸다.

워낙 창졸지간에 벌어진 일이라 미처 예상치 못했던 단장은 하마터면 중심을 잃고 넘어질 뻔했다. 그러니 얼마나 짜증이 치밀었겠는가.

"내가 조금 전 말했지? 우리 병사들은 수단 방법을 가리지 않는다고. 그런 우리에게 당신 검처럼 느려 터진 검은 실로 가소로울 뿐이야. 킬킬……."

"뭣이라고! 이런 잡놈이… 죽어라! 크아아아~~!"

슈우우욱~~!

하인리는 지금 누가 가르쳐 주어서 상대방의 이성을 잃게 만든 것이 아니다.

그는 오랜 병사 생활 동안 이미 어떻게 하면 전쟁에서 살아남을 수 있는지를 터득해 왔다. 그중 하나가 바로 지금처럼 자신을 공격하는 상대를 흥분하게 만드는 수법이었다. 일단 이성을 잃게 되면 누구라도 자신의 본 능력보다 훨씬 부족한 검술을 보일 수밖에 없었다.

사실 알고 보면 하인리 역시 진작 소드 익스퍼트 초급 마스터 단계에 도달해 있는 실력자이다. 정면으로 승부해도 지지 않을 정도라는 말이다.

그런 데도 그가 이런 수를 쓰는 것은 완벽하게 이기기 위함이었다.

"이크, 하지만 어림없다. 타핫!"

휘리릭~ 뱅글~ 차앙!

"헉!"

이미 이성을 잃고 덤벼드는 상황인지라 기사단장의 움직이는 동선은 하인리의 한눈에 모두 들어왔다.

그랬기에 그는 이번에도 재빨리 몸을 회전하며 단장의 검을 세차게 때려냈다.

비록 간단한 한 수였지만 그 순간 단장은 심장이 멈출 만큼 놀라고 말았다. 마나가 없을 거라고 생각했던 상대의 검에서 자신에 못지않은 마나의 힘을 느낀 데다가 그런 마나가 주입된 검에서 느껴진 엄청난 충격 때문이다. 그리고 그 놀라움은 곧바로 새로운 허점을 드러내는 결과를 초래했다.

이미 수많은 생사의 고비를 넘겨온 실전의 달인 하인리가 그런 찬스를 그냥 흘려버릴 리 없었다.

"늦었다! 야합!"

챙! 차창! 차차창! 팅~~!

빙글빙글… 챙그랑~~!

척!

그는 기합과 함께 정신없이 기사단장을 몰아쳤고 그로 인해 이미 손발이 어지러워진 기사단장은 그만 검을 놓치고 말았다. 그리고 동시에 하인리의 묵직하고 날카로운 검날이 블루 기사단장의 목 앞에 멈추어 섰다.

"이, 이럴 수가……."

"와아아아~~! 하인리 대장님 만세!"

"하인리! 수고했네!"

누가 봐도 하인리의 승리였다.

일개 병사가 기사단장을 꺾는 대이변이 벌어진 것이다. 그 때문에 하인리의 부대원들 사기는 더욱 높아졌고 반대로 블루 기사단원들은 모두 고개를 숙였다.

그렇지 않아도 절반 이상은 아직도 차가운 땅바닥에 쓰러져 있는 상태라 좋은 기분은 아니었다. 그런데 유일한 희망이었던 자신들의 단장마저 병사에게 패배를 하게 되었으니 얼마나 절망적이었겠는가.

"이제 약속을 지켜라."

"모두 항복해라."

"단장님!"

"어서 항복하라는 말이 들리지 않는가! 나를 더욱 비참하게 만들 셈이냐?"

그래도 명색이 기사단장이라 그런지 약속은 지켰다.

털썩… 푹…

그의 고함 소리에 다른 기사들도 항복한다는 뜻으로 하나둘씩 바닥에 무릎을 꿇었다.

"모두 포로들부터 정리하라."

"알겠습니다!"

그 모습을 보던 하인리가 명령을 내리자 수하들이 빠르게 움직이며 아까 쓰러진 자들부터 하나씩 수습하기 시작했다. 다들 마나를 다룰 수 있는 병사들이었기에 비록 움직일 수 없는 포로들이 대다수였지만 정리하는 데 시간이 그렇게 오래 걸리지는 않았다. 한 손으로 번쩍번쩍 들어 올린 채 움직이고 있으니 그럴 만도 했다.

하지만 그런 장면을 바라보고 있는 블루 기사단장의 입장에서는 어처구니가 없었다.

결국 그는 상황을 통제하고 있는 하인리에게 말을 걸었다. 지금의 일들을 물어보지 않고서는 견딜 수가 없었기 때문이다.

"이것 봐, 한 가지 물어볼 것이 있는데……."

"말해보게. 군사 기밀만 아니면 대답해 주지."

"당신들, 진짜 병사 맞아? 솔직히 말해봐. 병사로 위장하고 있는 기사단이지?"

"허허허… 우리가 기사단이었다면 그대는 이미 죽었을지도 몰라. 같은 기사인 데도 패배자가 그대처럼 그렇게 건방진 태도로 나온다면 살려두겠어? 그리고 우리 연합군은 테우신 백작의 군대와 질적으로 달라. 남을 기만하거나 속일 일은 없다는 뜻이지. 그대 같으면 적들에게 한낱 병사로 보이고 싶겠어? 그렇게 해서 얻어지는 게 뭐가 있을 것 같은데? 설마 지금 그대는 우리가 병사라서 방심하고 있다가 졌다고 말하고 싶은 거야?"

블루 기사단장의 질문에 하인리가 흥분한 어조로 대꾸했다.

그러나 여전히 그의 말투는 고상하거나 논리 정연한 것 같지는 않았다. 출신 때문인지 감출 수 없는 뭔가가 있는 것 같았다.

기사단장은 그 점을 느꼈기에 더욱 소스라치게 놀랐다.

이야기를 나눌수록 점점 더 궁금증이 커지고 있던 단장은 또다시 질문을 던졌다. 눈앞의 이들은 일반 병사가 확실한 것 같았는데 어떻게 이런 능력을 발휘할 수 있는 것인지 생각하고 또 생각해 보아도 알 수가 없었기 때문이다.

"대체 당신들은 어떻게 훈련을 했기에 이처럼 무서운 병사들로 성장할 수 있었던 거지? 내 상식으로는 도저히 이해가 가지 않는군."

그러자 하인리는 어느새 포로들 정리가 거의 다 끝나는 것을 눈으로 확인하며 대답을 해주었다.

"이제 곧 그대도 만나게 되겠지만 우리에게는 신보다도 위대한 주군께서 계시거든. 우리도 불과 일 년 전까지만 해도 그냥 평범한 병사였지. 하지만 그분께 본격적인 훈련을 받게 되면서 이런 힘을 기를 수 있었다네."

"숀… 이라는 당신들 총사령관을 말하는 것인가?"

"맞아."

"그 사람이 아무리 대단하다고 해도 일반 병사들을 겨우 일 년 만에 마나를 다룰 수 있는 기사급의 존재들로 탈바꿈 시킨다는 것은 말이 안 돼."

누구라도 블루 기사단장처럼 생각하는 것이 당연했다. 하지만 그게 사실은 사실 아니겠는가.

하인리는 답답했지만 여기서 백날 떠들어 봤자 결론을 내릴 수 없다는 것을 깨닫고 다시 입을 열었다.

"말이 되는지 안 되는지는 우리 사령관님을 만나보게 되면 알게 될 거야. 그러니 어서 일어서라. 이제 가야겠다."

"하긴… 포로가 되었으니 보기 싫어도 볼 수밖에 없겠군. 어디 한번 보겠어. 대체 숀이라는 자가 얼마나 대단한 사람 인지를……."

그가 이런 이야기를 하고 있는 동안에도 어느새 다른 병사 한 명이 다가와 그를 포박하고 있었다. 이미 하인리가 눈짓으로 그런 지시를 내렸기 때문이다.

그렇게 상황이 종료될 즈음에도 반대편 쪽에 있는 숲에서는 불길이 점점 번져 나가고 있었다. 숀이 혼란을 더욱 더 가중시키기 위해 멀린으로 하여금 두세 곳에 더 마법 공격을 지시했기 때문이다. 그러나 하인리나 크누센은 그런 상황을 알 수도 없었고 궁금해하지도 않았다.

그들에게는 주군이 그들에게 내린 임무를 성공적으로 완수했다는 사실만이 중요할 뿐이었던 것이다.

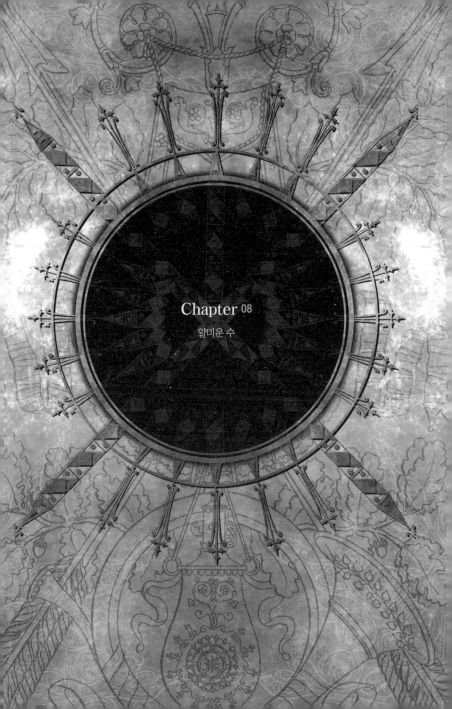

Chapter 08

얄미운 수

건들면죽는다

1

   하인리와 크누센이 보무도 당당하게 다가오자 손의 연합
군 측에서 커다란 함성을 질렀다. 그들이 오기 직전 손이 그
들이 맡았던 작전을 말해주었기 때문이다.

   "와아아아~! 하인리 만세!"

   "크누센 만세!"

   "무적의 병사들 만세!"

   병사들의 사기는 그야말로 충천(沖天)했다.

   기사가 단 한 명도 가지 않았건만 순수 병사 일백팔 명이
적의 정예 기사단을 통째로 잡아온 일은 대륙 역사를 통틀

어서도 처음 있는 일이었다. 그러니 병사들 입장에서 얼마나 감격스러웠겠는가.

그들은 지난 시간 동안 죽도록 훈련해 온 것을 한꺼번에 보상받는 기분까지 맛보고 있었다.

"충성! 병사 하인리와 크누센, 다행히 사령관님의 명을 충실히 이행하고 돌아왔습니다!"

"고생했다. 그대들의 노고 덕분에 이번 전쟁은 더욱 쉬워질 것이다. 그리고 그대들이 세운 공은 전쟁이 끝난 후 포상할 것이니 포로들을 정리하고 본대로 복귀하도록!"

"감사합니다! 명에 따르겠습니다!"

숀의 말소리는 그리 크지 않았지만 이곳에 있는 연합군 천팔백 명 모두의 귀에 똑똑히 들렸다. 이제는 그런 일도 워낙 익숙해져 누구 하나 놀라지 않았지만 그 속에 담겨 있는 내용 때문에 병사들의 사기는 더욱 올라갔다. 공을 세우면 포상을 받을 수 있다는 부분 탓이다.

어쨌든 그런 가운데 하인리의 부대는 재빨리 포로들을 수습하고 그들을 행렬의 끝으로 데려가려고 하였다. 그런데 그때 숀이 갑자기 뜬금없는 질문을 던졌다.

"블루 기사단이라고 했던가?"

"그렇습니다, 사령관님."

이동하려던 하인리가 얼른 대답했다.

손이 정확히 블루 기사단장을 쳐다보며 질문을 던졌다.

"마나 양이 다른 사람들보다 조금 많은 것을 보니 자네가 단주겠군. 맞는가?"

"그렇소."

"이름이 뭔가?"

"드몬테라고 하오."

기사단장이 퉁명스럽게 이름을 이야기하자 손이 다시 질문을 던졌다. 어찌 보면 약을 올리는 것 같기도 했다.

"이보게, 드몬테, 우리 병사들이 자네의 기사단을 너무 쉽게 처리한 것이 신기하지 않던가?"

드몬테의 얼굴이 살짝 일그러졌다.

"당신이 불과 일 년 사이에 일반 병사들을 저렇게 강하게 만들었다는 말을 들었소. 정말 웃기는 농담 같지 않소?"

"이런 건방진 자가 이분이 누구시라고 감히 말을 함부로 하는 게냐?"

드몬테가 짜증 섞인 말투로 지껄이자 옆에 있던 멀린이 참지 못하고 끼어들었다. 그런데 그쪽을 바라보던 드몬테의 얼굴에 경악이 떠오르는 것 아닌가. 가만 보니 그런 말을 하고 있는 멀린의 오른손에 실로 섬뜩해 보이는 불의 구슬이 떠 있었던 것이다.

아무리 기사단장이라고 해도 드몬테는 이런 식으로 마법

을 다루는 사람은 단 한 번도 본 적이 없었다.

과거 왕국 마법사와 실력이 비등하다는 칼베르토에게서도 볼 수 없는 모습이었다.

"어허… 멀린 마법사는 잠시 빠지시오. 이자의 입장에서는 당연히 그럴 수밖에 없을 거요."

"죄송합니다, 주군."

이때 손이 엄한 목소리로 이렇게 한마디 하자 그 섬뜩한 마법사가 얼른 고개를 조아리며 뒤로 물러섰다. 그 모습도 드몬테에게는 충격이었다.

'이거 아무래도 우리가 뭔가 큰 착각을 하고 있는 것 같구나. 이들은 이곳저곳 병사들을 끌어 모아 급조한 잡동사니 군대로 알려져 있었지만 그건 절대 아니다. 당장 우리를 패배시켰던 병사들도 그렇고 방금 저 마법사만 해도 보통 사람이 아니다. 게다가 부대 전체에서 전해지는 이 무서운 기세는 또 무엇이란 말인가. 이건 마치 전원이 다 기사들이 아닐까 싶은 착각까지 일어날 지경이다. 우우……'

그는 속으로 그런 생각을 하며 식은땀을 흘리기 시작했다.

처음에는 몰랐는데 여기저기서 올라오고 있는 마나의 기세가 도를 벗어난 것 같았다.

단지 딱 한 사람, 지금 자신에게 말을 걸고 있는 손이라는 자에게서는 전혀 그런 느낌이 들지 않았다. 사령관이라면 상당한 실력을 갖고 있어야 정상일 텐데 도무지 마나를 사용할 수나 있는지 싶을 정도로 평범해도 너무 평범해 보였던 것이다.

"그대는 우리 병사들이 오랫동안 마나를 수련해 왔다고 생각하는가?"

"당연한 것 아니오? 내가 여기까지 마나를 쌓아올리는 데만 해도 걸린 시간이 무려 이십 년이오. 그나마 그것도 아주 어린 나이부터 시작했기 때문에 가능했던 이야기요. 그런데 어떻게 겨우 일 년 사이에 나 정도의 실력자를 만들어낼 수 있다는 말이오?"

드몬테의 이야기는 지극히 타당했지만 그렇다고 당장 그것을 증명할 수 있는 방법도 없었다.

어찌 보면 별것 아닌 이야기였지만 그건 아직 손의 성격을 몰라서 하는 생각일 것이다. 그는 우주 최강의 뒤끝을 가진 남자인만큼 이런 경우 무슨 수를 써서라도 증명을 해야지만 직성이 풀릴 터였다.

"지금은 바쁘니 바로 그 부분을 증명할 수는 없네. 대신 전쟁이 끝나면 가장 먼저 자네에게 내가 어떻게 한 것인지 알려주지. 어때? 그렇게 해보겠는가?"

"그 말은 나에게도 그 방법을 알려주겠다는 뜻이오?"

"보기보다 그리 멍청하지는 않군. 맞아. 바로 그 말일세."

손의 파격적인 제안에 드몬테는 어안이 다 벙벙해질 지경이었다. 적에게 마나 수련법을 알려주겠다니… 미치지 않고서야 누가 그런 짓을 하겠는가. 그랬기에 그는 다시 한 번 확인 차 물었지만 손은 여전히 그렇다고 대답했다.

"좋소. 그 말을 믿어보리다."

"됐네. 그럼 이제부터 우리가 싸움을 끝낼 때까지 뒤에서 자네 동료들과 함께 따라오게. 아참, 그 전에 내가 자네들에게 한 가지 은혜 겸 금제를 하나 걸어두어야겠군. 하인리, 그리고 크누센!"

한참 대화를 나누던 손이 갑자기 이해할 수 없는 말을 꺼냈다. 그러고는 곧 두 사람을 불렀다.

"네, 사령관님!"

"포로들을 모두 내 앞으로 데리고 오게. 시간이 없으니 서둘러야 할 거야."

"알겠습니다!"

손의 명령에 하인리와 크누센의 병사들이 눈부시게 움직였다.

그들은 블루 기사단원들을 각기 한 명씩 번쩍 들어 올려서는 잽싸게 손의 앞쪽으로 다가왔다. 그러자 손이 단장인 드몬테의 손목부터 잡더니 그의 혈도 몇 곳을 짚었다.

"이렇게 해놓으면 굳이 자네들을 묶어서 끌고 다닐 필요가 없지. 얼마든지 뛸 수 있거든. 대신 마나는 사용할 수가 없네. 그리고 이건 노파심에서 하는 말인데 내가 있는 곳에서 1킬로미터 이상 벗어나게 되면 자네들은 그대로 몸이 폭발하는 비극적인 결말을 맞이하게 될 거야. 이건 절대 농담이 아니니 알아서 판단하도록. 자, 그럼 나머지도 시작해 볼까?"

"으으… 당신, 정체가 도대체 뭐요? 당신도 마법사요?"

숀의 말에 드몬테의 안색이 하얘졌다.

그가 자신의 몸속에 실로 무서운 마법을 심어놓았다고 생각했기 때문이다.

"그분을 감히 한낱 마법사와 비교하다니… 어리석은 놈… 그분은 우리 마법사들보다 훨씬 무서운 능력을 갖고 계시느니라. 그러니 그분의 말씀을 절대적으로 명심하도록……"

드몬테의 질문에 또다시 멀린이 끼어들며 말했다.

끄덕끄덕…

그런 그의 말이 끝나자마자 웃음이 절로 나올 만한 일이 벌어졌다. 바로 블루 기사단 전원이 정신없이 고개를 끄덕였던 것이다.

그 모습을 보고 빙그레 웃던 숀이 혜광심어를 사용해 멀린에게 말을 걸었다.

[가면 갈수록 자네의 능청스러운 연기는 느는 것 같군. 정말 장족의 발전이야.]

[모두 주군 덕분입니다. 헤헤…….]

사실 처음부터 멀린이 끼어든 것도 그렇고 그가 은근슬쩍 마법을 사용해 드몬테에게 겁을 준 것도 애초부터 만들어진 각본이었다.

숀은 이미 하인리가 드몬테를 이기고 나누던 대화를 듣자마자 멀린과 함께 이런 각본을 짰던 것이다. 그래야 포로들을 손쉽게 끌고 다닐 수 있었기 때문이다.

숀의 능력이 아무리 대단하다고 해도 그가 말했던 것과 같은 금제를 가하려면 상당한 내력이 소모된다. 그런 것을 백 명에게 펼치게 되면 그 역시도 피곤해질 것이 뻔한데 무엇하러 그런 짓을 하겠는가. 지금처럼 간단한 연극 한 번이면 알아서들 겁을 집어먹고 죽어라 숀의 뒤만 졸졸 따라올 텐데 말이다.

이처럼 가면 갈수록 숀과 멀린은 점점 더 사악해지고 있었다.

2

숀과 그의 연합군이 이처럼 함정을 파고 기다리던 블루

기사단을 모조리 사로잡았을 무렵 테우신 영지군들은 정신 없이 우왕좌왕하고 있었다.

벌써 거대한 불덩어리가 네 번이나 날아온 데다가 그것만 으로도 영지군이 무려 이백여 명 이상이나 크게 다쳤으니 그럴 만도 했다.

그러나 기사대장 월터는 그리 호락호락한 자가 아니었 다.

웅성웅성…

히이잉~~!

"모두 정신 차리고 어서 말부터 붙잡아 진정시켜라! 그리 고 기마 궁술 부대장은 어디 있나?"

"찾으셨습니까? 대장님!"

지금 혼란을 가중시키는 데 가장 결정적인 역할을 하고 있는 것은 바로 말들이었다.

말 못하는 짐승인 데다가 원래 사람보다 짐승이 불을 훨 씬 무서워하지 않던가. 때문에 첫 번째 파이어 볼이 떨어졌 을 때부터 날뛰기 시작한 말들은 지금도 나무 등에 묶여 있 는 상태로 쉴 새 없이 파닥이며 울부짖고 있었다.

월터는 병사들을 진정시키며 우선 그런 말들부터 돌보게 하였다. 보통의 지휘관이었다면 일단 후퇴부터 했을지도 몰 랐는데 그는 아직 이성을 유지하고 있었던 것이다. 그래서인지 이번에는 기마 궁술 대장을 호출했다.

"자네는 당장 기마 궁술 부대를 다시 정비해 적의 마법이 날아왔던 지점을 향해 화살을 날려라. 이렇게 된 이상 함정이나 매복은 무의미하니 당장 시행하라!"

"알겠습니다! 기마 궁술 부대, 집합!"

"집합!"

우르르르… 척척척!

원래 기마 궁술 부대는 진지 주변에 매복해 있었다. 갑자기 일어나 다가오는 적에게 기습을 가하기 위해서다.

파이어 볼이 날아오는 순간 그들 역시 식겁했고 그로 인해 이미 이리저리 흩어진 상태였다. 그러나 그들 역시 정예병들답게 부대장의 명령이 떨어지자마자 신속하게 모여들었다.

그러자 부대장은 다시 명령을 내렸다.

"다들 공격 대형을 갖추어라!"

"네!"

척! 척척!

동시에 궁술 부대원들은 모두 숀의 부대 쪽을 향해 줄을 맞춰 서더니 등에 메고 있던 활을 내려 쏠 자세를 취했다. 절도가 있으면서도 민첩한 움직임이다.

지금 월터가 궁술 부대의 공격에 더 주력하려는 이유는

간단했다. 아직 적은 주변에 은폐 엄폐물이 전혀 없는 평야 지대 가장자리에 위치해 있었다.

거기에다가 정찰병의 보고에 의하면 그들에게는 아예 방패 부대가 없다고 한다. 이건 그야말로 화살 공격으로 최고의 효과를 볼 수 있는 절호의 기회라고 할 수 있었다.

놈들은 자신들에게 마법 공격을 하는 것에만 정신이 팔려 이런 기본적인 병법조차 깨닫지 못하고 그냥 멍청하게 평야 지대에서 버티고 있는 것 같았다.

거기까지 생각을 하게 되자 월터는 갑자기 기분이 좋아졌다.

"발사 준비!"

"준비!"

촤르르륵~ 척!

준비라는 명령과 함께 궁수 부대 전원이 화살을 꺼내 활에 끼우더니 곧바로 뒤로 당겼다.

"1대대, 쏴!"

피잉~! 핑핑핑핑!

기마 궁술 부대원의 인원은 모두 오백 명이나 된다. 한 번에 무려 오백 발의 화살을 날릴 수 있다는 말이다. 게다가 그들은 지금 쉴 새 없이 화살을 계속해서 날리고 있었다.

지금 궁술 부대와 숀의 연합군 간 거리는 대략 300여 미터 남짓했다.

원래 일반 화살의 비거리는 180미터에서 200여 미터가 고작이지만 이들이 지금 쓰고 있는 활은 더욱 강화된 형태인 컴포지트 보우—합성 궁—인지라 사거리가 무려 550미터에 이른다.

기마 궁술 부대라는 특성상 말을 타고 달릴 때는 숏 보우 종류를 사용하지만 이처럼 땅에 내려서서 공격을 할 때는 컴포지트 보우를 사용했던 것이다.

그렇게 강력하고 무서운 화살이 약간의 시간차를 두고 쉴 새 없이 날아갔으니 얼마나 장관이었겠는가. 아니, 당하는 입장에서는 공포 그 자체라고 해야 옳았다.

그리고 그것을 증명하듯 손의 연합군 진영 쪽에서 곧 짧지만 처절한 비명성이 들려오기 시작했다.

"크악!"

"케엑!"

"으아악~!"

어차피 화살의 비가 공간을 새까맣게 뒤덮은 상황인지라 적들의 상황이 보이지는 않았다. 그러나 계속해서 처절하고도 구슬픈 비명 소리가 들려오는 것으로 보아 그 피해가 만만치 않다는 것은 충분히 짐작할 수 있었다.

그렇기에 잠시 우왕좌왕했던 테우신 영지군들은 더욱 빠

르게 안정감을 찾아갔으며 사기도 다시 오르기 시작했다. 그리고 이런 기회를 놓칠 월터가 아니다.

"맛이 어떠냐? 이놈들! 그냥 순순히 함정에 걸려들었으면 쉽게 끝났을 것을 잘난 척하다가 모조리 고통 속에 죽어가게 되겠구나. 쯧쯧… 모두 들으라! 전군은 지금 즉시 전투준비를 하라!"

"알겠습니다!"

"전투준비!"

쿵쿵!

남아 있는 세 개의 기사단, 그리고 기마 부대 전체가 빠르게 전열을 가다듬고 즉시 싸움에 임할 준비를 마쳤다.

비록 이백여 명이나 되는 병사들이 파이어 볼에 당해 전투 불능 상태에 빠지긴 했지만 그건 그야말로 조족지혈에 불과했다.

아직도 테우신 영지군은 매복 중인 창술 부대 일천여 명을 제외하고도 기사단 삼백 명과 기마 부대 이천여 명이 멀쩡했으며 아직도 열심히 활을 쏘아 올리고 있는 궁술 부대 오백 명이 고스란히 남아 있었기 때문이다.

특히 일당백이라고 할 수 있는 기사단 삼백 명은 실로 늠름하고도 듬직했다.

하지만 이때까지도 월터는 지금 손의 진영이 얼마나 얼토

당토않은 짓을 하고 있는지 전혀 모르고 있었다. 만일 알았다면 그 순간 빠르게 뺑소니를 쳤을지도 몰랐겠지만 숀과 멀린이 그렇게 어설프게 일처리를 할 리는 없었다.

"온다~!"

"이얍~!"

슉~ 턱!

"크악!"

슉~ 턱!

"케엑!"

숀의 진영 상황은 이랬다.

우선 테우신 영지군의 궁술 부대가 새로운 화살을 날리면 그 순간 크롤 백작이 얼른 온다는 신호를 한번 해준다. 그러면 잔뜩 웅크리고 있던 병사들이 화살이 도달하는 순간 재빨리 몸을 날려 화살을 낚아챘던 것이다.

그런데 희한한 것은 분명 맨손으로 멀쩡하게 화살을 잡았건만 잡은 사람은 그때마다 실로 듣기 거북할 정도로 처절한 비명을 지른다는 점이다.

마치 화살에 맞은 것처럼 말이다.

그때 갑자기 구경만 하고 있던 멀린이 옆에 있던 숀에게 말을 걸었다.

"주군, 병사들도 시간이 갈수록 주군을 닮아가는 것 같습니다그려."

그러자 숀이 모르겠다는 듯 고개를 갸웃거리며 되물었
다.

"어떤 면이 나를 닮아간다는 말인가?"

"능청스럽게 연기를 너무 잘해서 말입니다. 이건 뭐 연극
배우 뺨칠 만한 실력 아닙니까?"

"이보게, 멀린."

"네, 주군."

"요즘 몸이 근질거리지? 우리 심심한데 저기 보이는 산봉
우리에나 놀러 갔다 오는 게 어때?"

생사가 오갈 수 있는 치열한(?) 공격 속에서 두 사람은 이
처럼 한가한 대화를 나누고 있었다.

멀린은 지금 상황이 너무 재미있고 즐겁다 보니 그냥 농
담 한마디를 던진 것이지만 뒤끝 작렬 숀은 그냥 너그럽게
넘어가 주지 않았다.

"아, 아닙니다! 제가 갑자기 미쳐서 실언을 했던 모양입
니다! 이것들 봐! 더 실감나게 비명 지르지 못해!"

"알겠습니다! 멀린 마법사님! 케에엑~~!"

멀린이 얼른 고개를 조아리며 이번에는 죄 없는 병사들을
괜히 다그쳤다. 그것을 핑계 삼아 은근슬쩍 빠져나가려는
것이다.

어쨌든 지금 보는 것처럼 손의 연합군들은 저 무시무시한 화살의 빗속에서도 개미 새끼 한 마리 다치지 않고 있었다.

단지 적들을 방심시키기 위해서 이런 간단한 연극을 꾸미고 있을 뿐이었다.

사실 전원이 마나를 다룰 줄 아는 데다가 그중 구백 명은 기사급 실력자다. 애초부터 그런 그들이 겨우 화살 따위에 맞고 쓰러질 일은 애초부터 없었다.

테우신 영지군들만 이런 말도 안 되는 군대가 존재한다는 것을 까맣게 모르고 있었을 뿐이다.

그렇게 약간의 시간이 더 흐르자 적들의 대화를 모두 듣고 있던 손이 갑자기 명령을 내렸다.

"후후… 드디어 직접 치러 올 생각인 모양이군. 모두 하던 일을 하면서 잘 들어라! 이제 곧 화살 공격이 멈출 것이다. 그 전에 내가 먼저 신호를 할 것이니 그때 900인 부대원들은 바로 그 자리에 엎드린다. 알겠는가!"

"알겠습니다!"

화살 공격이 끝나면 적들도 자신들의 모습을 볼 수 있기에 미리 대비를 하기 위함이다.

그리고 곧 그의 영민한 귓가에 테우신 영지군 기사대장 월터의 목소리가 들려왔다.

"화살 공격을 멈추어라!"

"엎드려라!"

우르르… 털썩!

그리고 동시에 구백 명이나 되는 정예 부대원들이 잽싸게 땅에 납작 엎드렸다.

Chapter 09

여전사(女戰士)

건들면 죽는다

1

두두두두…

블루 기사단이 아직 함정을 만들어놓은 채로 대기하고 있
다는 사실이 떠올랐지만 일단 공격 명령을 내린 월터다.

어차피 전투가 시작되면 그들이 알아서 합류할 것이라고
판단한 데다가 이미 화살 공격으로 꽤 많은 피해를 입히지
않았던가. 이럴 때는 병력의 숫자를 불리는 것보다 빠른 기
습 공격이 훨씬 효과적이었기에 굳이 그들까지 챙길 필요는
없다고 생각했다.

"옵니다, 주군. 어떻게 할까요?"

"아직은 모두 대기하라. 내가 공격 명령을 내리면 그때 바로 드래곤 바인드 진을 펼친다."

"알겠습니다."

적군이 무서운 속도로 달려오고 있었지만 숀은 그다지 서두르는 법이 없었다. 지금도 크롤 백작의 질문에 이처럼 느긋한 대답만 할 뿐이었다.

그러나 수하들은 지금 목이 바짝 탈 정도로 크게 긴장한 상태다. 하인리와 크누센 부대 말고는 아직까지 제대로 된 실전을 치러보지 못했기에 그럴 수밖에 없었다. 그것을 알 텐데도 숀은 뒷짐을 진 채 아무 말 없이 그저 달려오고 있는 적들을 지그시 바라볼 뿐이었다.

그리고 그 시간은 그리 길지 않았다. 워낙 거리가 가까운 탓이다.

두두두두~~!

"닥치는 대로 베어라~!"

"와아아아~~!"

테우신 영지군들은 마치 성난 파도가 몰려오듯 무서운 기세로 달려왔다. 그러고는 통상 그렇듯이 숀의 부대를 발견하자마자 무서운 명령이 떨어졌고 그 기세는 더욱 사나워졌다.

만일 이대로 두게 되면 죽은 척 누워 있는 숀의 연합군들은 모두 말발굽에 밟혀서 진짜 골로 갈 수도 있을 것 같았다. 그런데 바로 그때…

"공격하라～～!!"

히이이잉～～～!

"뭐, 뭐냐?"

숀의 명령 소리는 컸다. 커도 그냥 큰 것이 아니라 그 속에는 사자후의 위력이 숨어 있었다.

그랬기에 그 소리가 울려 퍼지는 순간, 달려오던 테우신 영지군들은 너무 놀라 속력을 떨어뜨릴 수밖에 없었다. 그리고 그 짧은 틈을 이용해 쓰러져 있던 숀의 병사들이 재빨리 일어나며 원래 서 있던 병사들과 눈짓을 해가며 대형을 이루기 시작했다. 그리고…

"진을 펼쳐라!"

우르르르… 척척척!

숀의 다음 명령이 떨어졌다.

그러자 일천팔백 명의 병사들이 겨우 30초 만에 드래곤 바인드 진을 완성해 버리는 진기한 일을 연출했다.

물론 이렇게 빨리 진을 이룰 수 있었던 것에는 다 이유가 있었다. 사실은 조금 전 화살을 맞은 척하고 쓰러졌던 구백 명의 병사들이 애초부터 드래곤 바인드 진을 이루는 주요 지점에 미리 누워 있었던 것이다.

"헉! 속았다. 모두 일단 한쪽으로 모여라!"

"어서 움직여라!"

죽은 줄 알았던 병사들이 벌떡 일어났으니 얼마나 기가 막혔겠는가. 그런 데도 월터는 후퇴 명령을 내리지 않았다. 자신들에게는 무려 삼백 명이나 되는 기사단이 있었기에 적들보다 훨씬 앞선 전력을 가지고 있다고 믿었기 때문이다. 그리고 함정이라고는 해도 아군의 피해는 아직 전혀 없었기에 더욱 그랬다.

만일 이때라도 뭔가 수상함을 느끼고 퇴각을 결심했더라면 이후, 그나마 더 거세게 싸울 수 있었을지도 모른다. 아직은 진이 본격적으로 발동되기 직전인지라 충분히 벗어날 수 있었기 때문이다.

그러나 이런저런 이유로 인해 월터는 결국 후퇴보다는 전면전을 택했고 그렇기에 모이라는 명령부터 내릴 수 있었다. 그에 따라 테우신 영지군들은 그가 있는 쪽으로 신속하게 모이기 위해 빠르게 움직였다.

그런데…

"디스퍼스(disperse)!"

"츙!"

우르르르르… 스멀스멀…

바로 그때, 숀이 진을 발동시키는 명령을 내렸고 동시에 일천팔백 명이나 되는 병사들이 일사불란하게 움직였다. 그 순간, 사방에서 정체를 알 수 없는 뿌연 안개가 피어올랐다.

"이, 이게 뭐냐?"

"……."

"이봐, 부관! 내 말이 안 들리나?"

"……."

원래 테우신 영지는 건조한 지역이라 안개가 자주 끼지 않는 편이다. 물론 가끔 생길 때도 있기는 하지만 오늘 하루 종일 흔적조차 없던 안개가 갑자기 이렇게 심하게 깔린다는 것은 말이 안 되었다.

그랬기에 월터는 당황해서 부관을 불렀건만 방금 전만 해도 바로 옆에 있던 그에게서는 아무런 대답도 돌아오지 않았다.

왠지 섬뜩해지는 순간이다.

"히트(hit)!"

쎄에엑~~ 까앙!

"윽! 웬 놈이냐!"

바로 그때, 기계음처럼 무감정한 목소리가 들리더니 갑자기 거대한 검이 날아드는 것 아닌가. 만일 그의 검술 실력이 부실했다면 그 공격에 맞고 큰 부상을 당하거나 죽었겠지만 그는 다행히 놀라운 반사 신경을 발휘해서 검을 쳐 낼 수 있었다.

그러나 검의 힘이 어찌나 강했던지 월터는 몸을 크게 휘청거렸다.

"히트!"

슈슈슉!

"헉!"

위잉~~!

명색이 기사대장이라 그런지 월터의 몸놀림은 감탄사가 나올 정도로 빠르고 유연했다. 그 덕분에 벌써 여러 차례 이상 무서운 공격이 이어졌지만 그는 여전히 멀쩡할 수 있었다.

그러나 그렇다고 상황이 좋은 것은 아니었다. 그리고 무엇보다 그는 이런 식으로라도 버티고 있지만 다른 영지군들의 상황은 다르다는 것이 가장 큰 문제였다.

테우신 영지에 있는 네 개의 기사단은 실력이 뛰어난 것으로 일대에서는 유명했다.

그 가운데 블랙 기사단은 크롤 백작의 영지를 집어삼키기 위해 갔다가 이미 손의 연합군으로 편성된 상태다. 그리고 블루 기사단은 바로 조금 전 병사 하인리와 크누센의 활약으로 사로잡혀 있었다. 그러나 아직 화이트 기사단과 레드 기사단은 건재한 상태였다.

그중 화이트 기사단을 이끌고 있는 단장 타일러는 지금 돌아버릴 것만 같았다. 벌써 십여 분 이상을 쉴 새 없이 움직이느라 지쳐서 그런 것도 있었지만 진짜 심각한 문제는 그를 그렇게까지 몰아붙이고 있는 적의 실상이 전혀 보이지 않는다는 데 있었다.

그랬기에 그는 또 한 번의 공격을 피하자마자 허공에 대고 이를 갈며 외쳤다.

"헉헉… 비겁한 새끼들! 네놈들이 진짜 기사라면 쥐 새끼처럼 숨기만 하지 말고 당장 내 눈앞에 나서라!"

스으윽…

"너, 너는……."

바로 그때, 갑자기 허공 뒤편에서 누군가가 나타났다.

그는, 아니, 그녀는 놀랍게도 파비앙이었다. 날씬한 몸에 쫙 달라붙는 레더 아머—가죽 갑옷 종류—를 입고 있는 그녀의 모습은 여신이 아닐까 싶은 착각을 불러일으킬 정도였다. 그래서인지 타일러는 잠시 자신의 눈을 의심했다.

"호호호, 당신은 우리가 힘이 모자라서 이러고 있는 것 같은가요?"

"정말 믿을 수 없을 만큼 예쁘게 생긴 계집이로군."

"그렇게 말을 함부로 하다가는 한 방에 훅 가는 수가 있어요."

생사가 오가는 순간이었는 데도 타일러는 자신도 모르게 감탄사를 흘렸다.

그만큼 파비앙의 모습은 가히 사내라면 거부하기 불가능할 정도로 아름다워 보였다. 어떻게 전쟁할 때 입는 갑옷을 입고 있는 데도 이처럼 치명적인 매력을 뿜어낼 수 있는 것인지 이해가 가지 않을 정도였다. 그러나 그녀의 말투만큼은 차가웠다.

'이 사람의 실력이 어느 정도인지는 몰라도 제대로 한번 붙어보자. 누군가와 한바탕 싸우지 않으면 답답해서 죽어버릴지도 몰라.'

그런 파비앙의 마음속에서는 이런 생각이 숨어 있었다.

사실 그녀는 아직도 손과의 관계가 편하지 않은 상태라 답답하기만 했다. 그랬기에 진을 이용하면 쉽게 사로잡을 수 있는 적임에도 불쑥 나섰던 것이다. 상대방의 실력을 정확히 알지도 못한 채 말이다.

2

일단 진이 발동되면 그 안에 갇힌 적들은 스스로 나타나지 않는 이상 절대로 진을 움직이고 있는 사람들을 볼 수가 없다.

그러나 반대로 진을 이루고 있는 사람들은 진 안에서 일어나고 있는 일을 모두 확인할 수 있었다. 그랬기에 지금 파비앙이 나서서 화이트 기사단장 타일러와 겨루려고 하는 것도 전부 알 수 있었다.

그 때문에 연합군의 기사 총대장 벨룸과 훈련대장 더그한이 얼른 말리려고 했다. 그런데…

[벨룸, 그리고 더그한, 그 자리에 멈추어라. 지금 자네들이 나서면 파비앙 아가씨의 자존심을 건드릴 수 있으니 그냥 지켜보도록 해라.]

끄덕끄덕…

두 사람의 뇌리로 숀의 혜광심어가 전달되었다. 그러자 그들은 가만히 고개를 끄덕이며 그 명령에 따랐다. 일단 숀이 말린다는 것은 그녀가 충분히 이길 수 있다는 판단을 내렸기에 그렇다는 것을 아는 탓이다.

이런 상황이 벌어지고 있다는 것을 전혀 모르는 파비앙은 화이트 기사단장 타일러를 향해 한 발씩 다가갔다.

"정녕 나와 싸워보겠다는 거요?"

"나는 연합군의 병사 파비앙이에요. 비록 병사에 불과하지만 내가 지게 되면 당신을 자유롭게 만들어 드릴 것을 약속하죠. 어때요? 괜찮은 조건 아닌가요?"

어쩌면 연합군 사람들은 모두 자신들도 모르는 사이 숀의 성향을 닮아가고 있었던 것인지도 모른다. 그랬기에 병사 하인리도 그랬고 지금 파비앙도 이런 황당한 조건을 내걸고 결투를 신청할 수 있었던 것이다.

그러나 숀을 전혀 모르고 있는 타일러의 입장에서는 기가 막힌 일이었다. 예쁘기는 해도 아직 한참 어려 보이는 소녀가 대뜸 싸우자고 하니 얼마나 황당했겠는가.

그렇지만 그녀가 내건 조건은 확실히 유혹적이었다. 무슨 수를 써서라도 이 진에서 빠져나오고 싶은 것이 그의 솔직한 심정이었기 때문이다.

"미안한 이야기이기는 하지만 지금 나에게는 어차피 선택의 여지가 없는 것 같소. 당신이 약속을 지키든 안 지키든 일단 당신을 잡게 되면 뭔가 해결책이 나오겠지. 자, 그럼 어디 덤벼보시⋯⋯."

다다다다다⋯

"이야압~!"

쉬이이익~ 그그극~ 좌라락~ 챙그랑!

"으헉! 이, 이럴 수가⋯ 이건 꿈이야⋯⋯."

타일러의 말이 끝나기도 전에 파비앙이 무서운 속도로 그를 향해 달려갔다. 그러다가 커다란 기합과 함께 평소 허리에 차고 다니던 연검을 신속하게 꺼냈다. 그러고는 그 검을 마치 뱀처럼 영활하게 움직여 타일러가 들고 있던 검을 순식간에 쳐 냈다. 동시에 그의 목에 살짝 상처를 내며 검을 그 앞에서 멈추었다.

설명은 길었지만 이런 동작들은 그야말로 눈 깜짝할 사이에 벌어졌다.

명색이 기사단장이라는 사람이 아무리 기습을 받았다고는 해도 단 일수 만에 목숨을 빼앗길 수도 있는 패배를 당했던 것이다.

그의 말처럼 이건 정말 꿈과 같은 일이었다.

"패배를 인정할 수 없나요?"

"크흑… 내 비록 잘못된 주군을 모시고 있는 입장이지만 그렇게까지 타락한 기사는 아니라오. 졌소."

털썩…

의외로 타일러는 쿨 하게 패배를 인정했다.

그러자 여기저기서 환호성이 터져 나왔다.

"최고입니다, 파비앙 아가씨!"

"파비앙 아가씨 만세!"

조마조마한 마음으로 그녀와 타일러의 대결을 지켜보던 병사들이 지른 환호성이다.

그런 모습을 지켜보며 숀도 가만히 고개를 끄덕였다. 게다가 그는 본인 스스로 자신의 주군이 잘못되어 있다는 점을 인정하는 기사를 처음 보았다. 어쩌면 이것은 정상적인 기사라면 다들 공감하고 있는 내용인지도 모른다는 생각이 들었다. 그리고 그 점을 알게 해준 파비앙이 너무나도 기특했다.

하지만 정작 당사자는 항복을 한 타일러의 뒤처리를 다른 병사에게 넘기고는 또다시 부랴부랴 어디론가 향했다. 그런 그녀가 가는 곳에는 또 한 명의 목표물이 있었다.

"서로 피곤하니 쓸데없는 말은 삼가기로 해요. 단도직입적으로 묻겠어요. 나와 싸워볼래요?"

"기다리던 바요. 어서 덤비시오."

거기에는 테우신 영지군의 레드 기사단의 단장인 슈리케가 잔뜩 화가 난 표정으로 씩씩거리고 있었다. 그 역시 타일러와 비슷한 상태였던 것이다. 그래서인지 그는 파비앙의 제안에 조금도 망설이지 않고 말했다.

"사양하지 않겠어요. 이야압!"

슈슈슈슉!

"웁스! 보통이 아니군."

창! 창창! 촤르르~ 창!

타일러와의 싸움에서는 기습의 묘를 활용해 순식간에 승리할 수 있었지만 슈리케는 좀 달랐다.

그는 타일러처럼 그녀의 미모에 현혹되지도 않았으며 쉽

사리 허점을 보이지도 않았다. 그랬기에 그녀의 날렵하고도 날카로운 공격을 모두 막아낼 수 있었다.

그 덕분에 구경을 하고 있던 연합군 병사들은 제대로 눈 호강을 할 수 있었다.

"휴우… 진짜 대단하다. 저분이 정말 그 어리고 사랑스럽던 우리 아가씨 맞아?"

"이제는 그렇게 보면 안 되지. 조금 전 저쪽 기사단장하고 싸울 때도 그렇고 지금도 그렇고 완전히 여전사로 거듭나신 것 같아."

누군가가 놀랍다는 듯 이렇게 감탄을 하자 또 다른 병사가 그녀를 아예 여전사로 몰고 갔다. 그러자 다들 고개를 끄덕이며 그의 의견에 동조했다.

손의 연합군들이 이런 여유까지 부리고 있는 와중에도 테우신 영지군은 여전히 하나둘씩 쓰러져 가고 있었다. 구경할 것은 구경하고 떠들 것은 떠들면서도 연합군들이 쉴 새 없이 진을 가동시키고 있었기 때문이다.

이런 것을 보면 과연 손이 만들어낸 진의 위력은 가히 최고라고 할 만했다.

"이번에는 내 차례요. 타핫!"

쉬이익! 슉슉!

챙! 챙챙! 챙챙챙!

"제법이군요. 하지만 힘만 세다고 다는 아니죠. 이얍!"

그러는 사이 파비앙과 슈리케의 싸움은 점점 더 절정을 향해 달려가고 있었다.

슈리케는 크고 무거운 바스타드 소드를 정신이 나갈 정도로 빠르게 움직여 파비앙을 공격했다. 그러나 파비앙의 연검은 의외로 단단한 모습을 보여주고 있었다. 그 공격을 모두 쳐 내는 것을 보면 말이다.

그러던 어느 순간, 그녀가 기합과 함께 검을 묘한 각도로 움직여 갔다.

바스타드 소드와 부딪히던 연검을 살짝 비틀어 그의 옆구리를 벨 것처럼 날아가더니 슈리케가 그것을 막으려는 찰나, 어이없게도 갑자기 90도로 꺾으면서 그의 어깨를 베어 버렸던 것이다.

서걱!

"크헉!"

툭… 챙그랑!

"미안하지만 내가 이긴 것 같군요."

아주 큰 부상은 아니었지만 검이 어깨를 베는 순간, 슈리케는 검을 떨어뜨릴 수밖에 없었다. 순간적으로 온몸에서 힘이 빠져나가는 것 같은 충격을 느낀 탓이다. 그리고 그것이면 충분했다.

파비앙의 검이 그의 코앞까지 도착하는 데는 말이다.

"제기랄… 내가 졌다. 죽여라."

"내가 무슨 사람 백정인 줄 알아요? 겨우 승부에서 이겼다고 죽이게… 그리고 당신이 한 가지 잊은 게 있는 것 같은데 내가 알려주죠."

"무엇을 말이냐?"

파비앙의 뜬금없는 말에 침통한 표정을 짓고 있던 슈리케의 얼굴에 의혹이 떠올랐다.

"당신이나 나나, 아니, 우리 연합군이나 당신들 테우신 영지군이나 모두 칼론 왕국의 국민들이라는 사실 말이에요. 우리는 테우신 백작의 잘못을 응징하기 위해서 온 것이지 당신들을 잡아서 죽이러 온 것이 아니에요. 무슨 뜻인지 제 말을 잘 생각해 보세요."

파비앙은 이렇게 말을 하고는 다시 어디론가 사라져 버렸다. 그러자 또다시 연합군 병사들이 나타나 슈리케를 포박했다. 그는 포박을 당하는 순간까지도 왠지 멍한 표정을 짓고 있었다. 그 역시도 자신이 모시고 있는 테우신 백작의 잘못을 알고 있었기 때문이다.

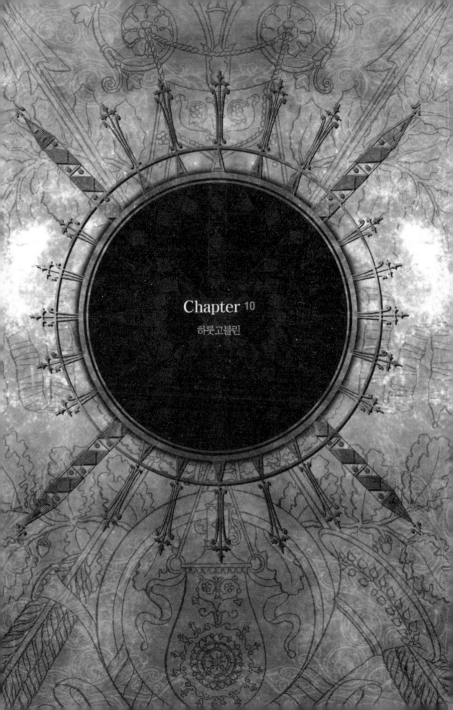

Chapter 10

하룻고블린

건들면 죽는다

1

　파비앙이 슈리케까지 패배시킬 즈음 테우신 영지군은 대부분 제압당하고 있었다. 그나마 기사대장 월터만이 여전히 씩씩하게 아직까지도 이어지고 있는 공격을 막거나 피하고 있을 뿐이었다.

　원래는 그도 벨룸이나 더그한, 아니면 크롤이나 렌탈 중 한 사람이 처리할 계획이었지만 파비앙의 일로 기분이 묘해진 손이 나서는 바람에 무산되어 버렸다.

　"이야아압!"

　슉! 슈슉! 휘리릭~!

손이 등장하자마자 월터는 다짜고짜 그를 향해 무섭고 빠른 공격을 미친 듯이 퍼부었다. 20여 분에 걸쳐 혼자 발작을 하다 보니 이성마저 흐려진 모양이다.

그러나 안타깝게도 상대는 손이다.

멀쩡한 정신을 가진 월터가 수백 명이 덤벼도 옷자락 하나 건들 수 없는 인간 말이다.

살짝…

휘청~

손은 스치기만 해도 최소 중상을 입을 것 같은 섬뜩한 공격을 그저 몸을 슬쩍 비트는 것만으로 피해 버렸다. 그 바람에 월터만 중심을 잃었다.

하지만 공격을 실패한 월터는 놀랍게도 너무도 또렷한 어조로 물었다.

"제법이로군. 최소한 별 볼 일 없는 기사는 아니겠어. 정체가 뭐지?"

이성을 잃은 줄 알았건만 가만 보니 아주 정상인 것 같았다. 손도 그게 의외였는지 제법 진지하게 대답했다.

"연합군의 총사령관이다."

"마나 한 점 느껴지지 않는 사람이 총사령관이라… 그것 참 재미있군. 당신들은 피하는 재주 위주로 지휘관을 뽑는 모양이지?"

"대답할 가치도 없는 질문이로군. 내가 여기까지 온 이유는 항복을 받기 위해서지, 자네처럼 앞뒤 분간도 제대로 못 하는 사람과 농담 따먹기나 하기 위해 온 것이 아니라네."

사실 득달같이 달려들던 월터가 갑자기 이렇게 말이 많아진 것에는 그럴 만한 이유가 있었다.

그는 비록 20분이었지만 내내 마나를 모두 끌어올린 채 보이지 않는 적과 싸우느라 거의 탈진할 지경에 이르러 있었다. 그랬기에 지금처럼 시간을 끌면서 조금이라도 더 마나를 채우려고 했던 것이다.

숀은 그것을 뻔히 알고 있었지만 아무것도 모르는 것처럼 거만하면서도 느긋하게 대꾸했다.

"내가 앞뒤 분간도 못 하는 사람이라고? 대체 무엇을 근거로 그따위 말을 하는 거지?"

"사리 분별을 할 줄 아는 사람이었다면 벌써 테우신 백작 곁을 떠났겠지. 아니면 그에게 간언을 하다가 감옥에 갇혔거나… 안 그런가?"

이 무렵 대륙의 기사도가 적혀 있는 병법서들을 읽어 보면 주군을 받드는 기사의 자세에 대한 언급이 기록되어 있었다.

그중 하나가 주군이 잘못된 길을 걸을 경우 그에게 충심으로 간언을 하거나 아니면 아예 떠나라고 쓰여 있다.

손은 지금 그것을 근거로 이런 말을 하는 것이다.

"때로는 주군도 실수할 수 있는 법이다. 그럴 때 바로 등을 돌리는 것도 진정한 기사라고 할 수 없지."

"자네는 자신의 친형을 죽이고 그 영지를 차지하기 위해 조카까지 죽이려 했는데 그것을 그냥 실수라고 넘길 수 있다는 말인가? 만일 자네가 그 조카의 입장이라도 그런 말을 할 수 있을까?"

"그것은 주군께서 판단할 일이지, 나 같은 기사가 왈가왈부할 수 있는 일이 아니다. 어차피 옳고 그름은 훗날 밝혀질 터… 지금은 그분의 명령대로 따를 뿐이다."

손의 말에 월터는 바로 발작을 할 뻔했다. 하지만 이때도 초인적인 인내심을 발휘해 그것을 겨우 억누르며 대답했다. 아직 본래의 마나가 반도 차지 않은 상태였기 때문이다. 끝까지 참으며 힘을 모았다가 결정적일 때 저자를 제압해야지만 지금 상황을 타개할 수 있을 것 같았다.

자신이 이 지경이 된 것을 보면 수하들은 훨씬 심각한 상황에 놓여 있다는 것은 불 보듯 뻔했다. 그런 이상 참고 또 참아야만 했다.

"생각보다 훨씬 어리석은 자로군. 병법에도 조예가 있고 냉철한 판단력과 인내심을 가지고 있는 사람인 것 같아 약간은 기대를 했었는데 참으로 안타까운 일이야."

"무슨 기대를 했다는 말인가?"

손의 화술은 워낙 교묘해서 월터는 자신도 모르게 말려들고 있었다.

물론 대화를 나눌수록 유리한 입장이었기에 더 그랬는지도 모른다.

"우리는 천인공노할 죄를 저지른 테우신 백작을 응징하러 온 것이지, 그대처럼 아무것도 모르고 그자에게 이용당하는 기사나 병사들을 죽이기 위해 온 것이 아니라네. 즉 투항을 하면 살려줄 뿐더러 조금도 해를 받지 않게 보호해 줄 의향도 있거든. 그대도 이 점을 잘 생각해 보는 것이 좋을 거야."

"어쩌면 당신들이 옳은지도 모르지. 하지만 당신은 지금 매우 큰 착각을 하고 있는 것 같군."

월터의 말에 이번에는 손의 호기심이 자극되었다. 그랬기에 그도 얼른 되물었다.

"무슨 착각?"

"당신은 지금 나와 나의 병사들을 곤란에 빠뜨렸다고 해서 우리 영지군에게 승리했다고 착각하는 것 같은데 그건 정말 큰 오산이야. 영지에는 아직도 많은 병사들이 남아 있을 뿐더러 우리에게는 또 다른 조력자들이 있거든. 아마 곧 그들을 만나게 되겠지만……."

"조력자라··· 그거 아주 재미있군. 그렇지 않아도 상황이 너무 시시해서 실망하고 있었거든. 아무튼 좋아, 이제 자네의 마나도 충분히 회복된 것 같으니 말은 이쯤에서 끝내고 슬슬 시작해 보는 게 어때?"

이렇게 말을 하면서도 손의 두뇌는 빠르게 회전하고 있었다. 또 다른 조력자가 있다는 말은 다른 영지군이 가세한다는 뜻이 분명했다. 그렇다면 지금 어디선가 그들이 벌써 연합군을 노리고 있을지도 몰랐다.

'이자를 제압하고 나서 내가 직접 주변 정찰을 해보아야겠구나. 아직은 사방에 테우신 영지군들이 분포되어 있어서 아무리 나라고 해도 조력자들이 기습을 할 때까지 감을 잡지 못할 수도 있으니······.'

설혹 그가 모르고 있는 상태에서 기습이 이루어진다고 해도 연합군이 패할 일은 없었다.

비록 숫자는 1,800명이지만 전원이 기사급 실력을 가지고 있는 병사들인 데다가 천하무적의 드래곤 바인드 진까지 익히고 있으니 누가 이들을 이길 수 있겠는가.

단지 단 한 명의 병사도 죽거나 다치는 것을 원치 않는 그였기에 이런 생각을 하는 것이다. 그리고 이럴 때 보면 그도 과연 신이 아니라 인간이라는 것을 느낄 수 있었다. 아무리 완벽한 사람도 사람이기 때문에 실수를 할 수 있는 것 아니

겠는가. 혼자 수천 명을 때려잡는 것은 쉬울 수 있어도 수천
명을 완벽하게 보호하는 것은 거의 불가능했다.

그들이 슌의 말을 무조건 따르지 않는 이상은 말이다.

"눈치채고 있었나?"

"후후… 자네에게도 기회를 주기 위해 일부러 기다린 것
뿐일세."

"도가 지나칠 정도로 자신만만하군. 하지만 그대의 그 자신
감이 얼마나 잘못된 것인지 곧 뼈저리게 후회하게 될 거야."

대륙의 격언 중에 '하룻고블린 오거 무서운 줄 모른다.'
라는 말이 있다.

지금 월터의 꼴이 바로 이러했다. 그는 지금 자신 앞에 서
있는 사람이 얼마나 무섭고 대단한지 모르고 있었다. 슌의
몸에서는 마나도 느껴지지 않았고 또한 그의 자세도 워낙
허점투성이인지라 월터는 자신을 오우거라고 착각하고 있
었다.

그랬기에 그는 그런 말을 지껄이며 조금씩 슌을 향해 다
가갔다.

2

테우신 영지군의 기사대장 월터는 현재 소드 익스퍼트 중

급의 실력을 가지고 있었다. 그냥 중급이 아니라 중급 수준
에서도 거의 상급이라고 할 수 있는 단계다.

그랬기에 기라성 같은 기사들이 즐비한 테우신 영지에서
기사대장까지 올라갈 수 있었던 것이다. 뿐만 아니라 그 정
도 실력이면 왕국 어디를 가도 상당한 대접을 받을 수 있었
다.

그런 그가 지금 닭 잡을 힘도 없고 뺀질뺀질해 보이는 청
년을 노리고 검에 마나를 주입하기 시작했다.

"지금이라도 늦지 않았으니 항복해라. 그럼 목숨만큼은
살려주겠⋯⋯."

마나를 다 주입하고 나자 더욱 자신만만해진 월터가 손을
향해 너그러운 표정을 지으며 항복을 권유했다. 마치 고양
이가 쥐를 생각해 주는 것 같은 모습이다.

휙!

"허억!"

그런데 바로 그때, 실로 그의 심장을 멈추게 할 만큼 놀라
운 일이 벌어졌다.

목숨을 살려주겠다는 말이 끝나기도 전에 손의 신형이 그
자리에서 픽 꺼지더니 갑자기 그의 코앞에 불쑥 나타났던
것이다. 얼마나 놀랐으면 그처럼 대단한 기사가 헛바람이
새는 소리를 냈겠는가.

"진짜? 난 항복할 생각이 없으니 어디 마음대로 해보게."

"죽어라!"

그런 상태에서 숀이 약 올리듯 한마디 하자 월터는 놀란 가슴을 얼른 추스르며 곧바로 기습을 가했다.

쎄엑~~!

'베, 베었다.'

불과 50센티미터도 떨어지지 않은 상태에서 검을 휘둘렀으니 누가 그것을 피할 수 있겠는가. 그것도 익스퍼트 중급 상급자의 검을 말이다. 그런 데다가 월터는 검을 잡고 있는 손에 무엇인가가 베어지는 감촉을 생생하게 느낄 수 있었다.

그건 분명 사람의 살이었다. 그런데…

톡톡…

"이봐, 지금 뭐 하는 건가?"

누군가가 그런 그의 어깨를 살짝 건들며 이렇게 말을 거는 것 아닌가.

휘익~

"으헉! 말, 말도 안 돼!"

반사적으로 고개를 뒤로 돌렸던 월터는 그대로 굳어버리고 말았다.

자신이 베어버린 줄 알았던 숀이 씨익 웃으며 서 있었기 때문이다.

"이건 자네가 쓸 물건이 아닌 것 같아 보이니 압수하겠네."

스윽…

월터의 혼이 반쯤 나가 버리자 손이 그의 손에 쥐여져 있던 검을 그대로 낚아채더니 빼앗아가 버렸다.

그러고는 그 검을 월터의 목에 갖다대었다.

"당, 당신… 사람이 맞소?"

"패배를 인정하기 싫은가?"

"인정… 하오. 들리는 소문에 의하면 크롤 백작군 가운데 소드 마스터가 있다고 하더니 그게 헛소문이 아니었어. 아무래도 당신이 그 사람인 것 같군. 내 비록 검술에 자신이 있기는 하오만 소드 마스터에게 무모하게 덤빌 만큼 모자란 사람은 아니오. 내가 졌으니 죽이든 살리든 마음대로 하시오."

그는 역시 바보가 아니었다.

그랬기에 단번에 손의 정체를 알아내었다. 물론 그것도 수박 겉핥기식의 소문에 불과한 내용이었지만 그나마 손에 대한 이야기 중 가장 실제에 근접한 이야기 아니겠는가.

그래서인지 그는 순순히 자신의 패배를 인정했다.

"이제부터 나는 전쟁이 끝날 때까지 자네에게 마법의 금제를 가해놓을 것이다. 그렇게 되면 자네는 마나를 사용할 수 없을 뿐 아니라 내게서 1킬로미터 이상 떨어지게 되면 온몸이 폭발하는 처참한 죽음을 맞이하게 될 것이야. 거기에 대한 자세한 이야기는 드몬테라는 사람에게 들어보게."

"블루 기사단장도 잡힌 것이오?"

"그자뿐 아니라 모든 기사단장들이 이미 모두 우리의 포로가 되었다네."

숀의 말에 월터는 더 이상 놀랄 기운마저 잃었다.

싸움을 시작한 지 얼마나 되었다고 자신의 영지군들 가운데 최정예 기사들이 줄줄이 잡혔다는 말인가. 쉽게 믿을 수 있는 내용은 아니었지만 그렇다고 의심을 할 수도 없었다. 그 역시 기개가 남다른 기사였기에 숀 같은 사람이 거짓말할 리가 없다는 것을 본능적으로 알기 때문이다.

어쨌든 그가 그러거나 말거나 숀은 갑자기 허공을 향해 말을 던졌다.

"자, 그럼 이제 슬슬 전장 정리를 해볼까? 기사 총대장은 현재 상황을 보고하라."

그러자 또 기가 막힌 일이 벌어졌다.

화악~~!

그렇게 내내 끼어 있던 먼지가 순식간에 사라지면서 주변의 풍경이 눈에 들어왔다.

그런데 그 광경은 월터에게 놀라움보다 충격을 안겨주고
말았다. 자신의 부대원들이 모두 사로잡힌 채 무릎을 꿇고
있었기 때문이다.

"이천백 명의 적들을 모조리 잡는 데 성공했습니다. 다만
가장 늦게 합류하려던 기마 궁술 부대원들은 어쩔 수 없이
희생자가 발생했습니다."

"어째서인가?"

"그들이 도착하기 전에 이미 진이 발동되었고 그것을 발
견한 그들이 도주를 감행했거든요. 만약 그들이 성안으로
도망쳐 우리의 전력을 알리게 되면 상황이 복잡해질 수 있
을 것 같았습니다. 그래서 어쩔 수 없이 제가 광역 마법을
사용했지요. 용서해 주십시오."

멀린이 나서서 대답했다.

될 수 있으면 사상자를 내지 말라고 했었는데 여러 명을
죽였으니 그게 걸렸던 모양이다.

"으음… 그건 잘했다. 멀린 마법사 말대로 그들 중 한 명
이라도 놓쳤으면 더 많은 희생자가 발생하게 되었을 게야.
그러니 마음 쓰지 말도록."

"감사합니다, 주군."

이제 월터는 벙어리가 되었는지 한마디도 하지 못했다.

이때쯤에서야 자신들이 얼마나 무서운 적과 싸우려고 했

는지 어느 정도 실감이 되었던 것이다.

'휴우… 각하, 당신은 아무래도 너무 무서운 적을 만든 것 같습니다. 해리슨 사령관, 당신이 그렇게 우습게 보았던 소드 마스터를 직접 만나게 되었으니 좋겠구려. 큭큭…….'

그는 속으로 자조적인 웃음을 터뜨리며 그런 생각을 하고 있었다.

전쟁이 일어나기 직전, 크롤 백작군 가운데 소드 마스터 가 있다는 소문을 듣고 테우신 백작과 해럴드가 얼마나 크 게 비웃었는지 그게 자꾸 떠올랐다. 그리고 곧 그들이 비웃 었던 존재를 만나게 되면 바지에 오줌이나 싸지 않을까 싶 은 걱정까지 들었다.

하지만 그가 무슨 생각을 하는지 알 수 없는 숀은 병사들 을 시켜 그도 블루 기사단장이 있는 쪽으로 보냈다.

그러고는 곧 앞쪽으로 나서서 모두를 바라보며 입을 열었 다.

"먼저 테우신 영지의 병사들에게 기회를 주겠다. 친형을 시해하고 친조카까지 죽이고 그의 영지마저 차지하려 했던 테우신 백작을 끝까지 따르고 싶은 병사는 손을 들어라."

"……."

"다시 묻겠다. 손 든 사람을 벌하기 위함이 아니다. 오히 려 끝까지 테우신 백작을 따르고 싶다고 하면 그에게 보내

줄 생각이다. 그러니 어서 손을 들어보도록……."

무슨 생각에서인지 숀은 그런 말을 던졌다. 그러자 이천
사백여 명 가운데 약 이백 명 정도가 눈치를 보다가 슬그머
니 손을 올렸다.

"그대들은 우측으로 서라. 다음, 남아 있는 병사들 가운
데 우리 연합군을 따르고 싶은 자들은 손을 들어라."

"저는 연합군을 따르겠습니다."

"저도 친족을 살해하는 인간을 따르고 싶지 않습니다. 받
아주십시오."

"저도요……."

조금 전과는 달리 엄청난 수의 병사들이 손을 번쩍 들면
서 말을 했다.

그동안 쌓인 불만이 얼마나 많았는지 한눈에 알 수 있을
것 같았다.

그 숫자가 무려 천구백 명이다. 방금 테우신에게 돌아가
겠다고 밝힌 이백 명과 기사단 삼백 명을 제외한 전원이다.

"잘 생각했다. 이 시간부로 그대들은 우리 연합군의 일원
이다. 각 부대장들은 빠르게 저들의 신상을 파악하고 준비
해 두었던 우리 병사들의 복장과 소지품을 내주도록!"

"알겠습니다!"

이미 숀은 이런 상황을 예측했었는지 신입 병사들이 입을

수 있는 복장과 기타 소지품들을 준비해 왔었다. 그것도 수 천 명분을 말이다.

그래서인지 방금 항복한 병사들의 눈이 휘둥그레졌다.

뿐만 아니라 다른 병사들과 기사들도 큰 충격을 받았다. 대체 얼마나 큰 자신감을 갖고 있었기에 이런 준비까지 해 왔다는 말인가.

시간이 흐르면 흐를수록 테우신 영지군들에게 숀의 연합 군은 더욱 더 거대해 보이고 있었다.

Chapter 11

가슴 떨리는 정찰?

건들면죽는다

1

포로가 무려 이천사백 명이나 되었다.

처음에 테우신 백작에게 돌아가겠다고 했던 병사들도 결국 남기로 했다. 알고 보니 그들은 가족들 때문에 그랬던 것이지 백작이 좋아서가 아니었다. 그 이야기를 들은 손은 그들의 가족들까지 보호해 주기로 약속했고 그로 인해 이런 결과가 벌어졌던 것이다.

"아무래도 자네들은 일반 병사들과 조금 다르겠지. 지켜야 할 것이 훨씬 많을 테니 말이야. 해서 나는 그대들에게 굳이 지금 항복하라는 권유를 하지 않겠다. 대신 그대들에게 금제만 가해놓고 전쟁이 모두 끝난 다음에 선택권을 주마."

손은 기사들만큼은 바로 회유하지 않았다.

그의 말처럼 그들은 일반 병사들보다 가지고 있는 것이 많았기에 바로 회유가 어렵다고 본 탓이다. 괜히 끌어들였다가 배신이라도 하게 되면 아군의 피해가 발생할 우려도 있는 만큼 굳이 그런 위험을 안고 갈 필요는 없다고 생각한 것 같았다.

"크롤 백작, 그리고 렌탈 남작님."

"말씀하십시오, 주군."

"나는 아무래도 주변 정찰을 하고 와야 할 것 같습니다. 그러니 그동안 두 분은 포로들의 편입 문제를 조금 더 철저히 보완하고 계십시오. 그리고 만일 제가 없는 동안 적들이 오면 절대 우리가 구축해 놓은 진지 밖으로 나가서 싸우지 말고 기다리십시오."

"알겠습니다!"

손은 이런 당부를 하고 나서 잠시 주위를 둘러보았다. 그러다가 멀린을 발견하더니 이번에는 그를 호출했다.

"멀린 마법사."

"네, 주군."

"적들이 오게 되면 다른 마법사들과 함께 1분 간격으로 마법을 날려주게. 살상 목적이 아닌 시간 끌기가 목적인만큼 위력은 적어도 요란해 보이는 마법을 쓰면 좋겠군."

"무슨 말씀인지 알겠습니다. 걱정 말고 다녀오십시오."

이미 숀의 눈빛만 봐도 그가 무엇을 원하는지 알 수 있을 정도인 멀린이다. 그래서인지 숀은 점점 멀린이 든든해졌다. 무엇이든 혼자서 처리하려던 과거에는 상상도 할 수 없는 일이다.

어쨌든 이렇게 대충 필요한 지시를 내리고 나자 숀은 바로 길을 나서려 했다.

그런데 바로 그때, 아련한 시선이 자신을 바라보고 있는 것을 느낄 수 있었다. 그는 떠나기 전, 시선의 주인공 쪽으로 다가갔다.

"나와 함께 정찰을 나갑시다."

"명령입니까?"

"그렇소."

"알겠습니다!"

시선의 주인공은 바로 파비앙이었다.

아직도 그녀의 심리를 잘 모르는 숀이었지만 왠지 그녀와 함께 정찰을 하며 대화를 나눌 필요가 있다는 생각이 들었다.

비록 전쟁이 중요했지만 그에게는 그녀와의 관계 개선이

더욱 중요했기 때문이다. 그리고 다행히 그녀는 그의 제안을 이런 식으로나마 승낙해 주었다. 그건 그녀도 비슷한 생각을 하고 있었기에 가능한 일이었다.

"그럼 갑시다. 끼럇!"

"네……."

두두두두…

보는 시선이 워낙 많은지라 숀과 파비앙은 각자 말을 타고 출발했다.

그래야 누가 봐도 자연스러울 것이라고 여겼지만 그건 그야말로 두 사람의 엄청난 착각이었다.

"역시 우리 사령관님께서는 파비앙 아가씨를 좋아하시는 것 같아."

"그건 당연한 것 아니야? 세상천지에서 우리 사령관님과 어울리는 분은 파비앙 아가씨밖에 없다니까."

병사들 사이에서는 이런 말이 오고 가고 있었고…

"하하! 형님께서는 좋으시겠습니다. 주군께서 따님을 저리 좋아하고 있으니 말입니다."

"너무 과분한 복이 아닐까 싶어서 오히려 불안하네. 그러니 너무 그러지 말게."

렌탈 남작과 크롤 백작은 이런 말로 두 사람에 대한 이야기를 시작했다. 이 주변에는 아군 말고 아무도 없다는 것을 알기에 두 사람은 형님 아우 하며 편안하게 대화를 나눌 수 있었다.

　"조건만 놓고 본다면 그럴 수도 있겠습니다만 솔직히 조카님의 미색을 생각하면 오히려 주군께서 큰 복을 잡은 거라고 할 수 있지요. 저도 왕국에서 내로라하는 미인을 많이 본 편입니다만 조카님만 한 미녀는 단 한 번도 본 적이 없습니다. 왕국 최고라는 아델라 공녀도 파비앙 조카님의 발끝에도 못 미칠 정도입니다."

　"너무 추켜세우지 말게. 행여 파비앙이 듣고 교만해질까 걱정이네."

　아델라 공녀는 왕국 최고의 권력자 중 한 명인 말도스 공작의 셋째 딸이다. 그녀는 현재 자타가 공인하는 왕실 최고 미녀로 이름을 떨치고 있었다. 크롤은 백작인만큼 이미 예전에 그녀를 만난 적이 있었다. 그런 그의 비교이니 상당히 믿을 만한 이야기였다.

　그건 렌탈도 알고 있었다. 아무리 자신의 딸이라고 해도 어찌 그녀의 미모를 모르겠는가. 이제 겨우 열다섯 살이었지만 이미 그녀의 아름다움은 점점 더 널리 알려지고 있었다. 게다가 이번 전쟁을 통해 '달빛의 여전사'라고 불리기 시작했다. 그녀가 싸울 때 주변에 마치 환한 달빛이 가득한 것 같은 느낌을 준다고 해서 붙은 독특한 별명이다.

"보통의 아가씨였다면 분명 교만해졌겠지요. 워낙 많은 사람들이 추켜세우는 데다가 스스로도 대단한 능력을 발휘하고 있으니까요. 하지만 제가 그동안 지켜봐 온 조카님은 절대 그럴 사람이 아닙니다. 얼마 전에도 자신의 부대원들에게 하는 것을 봤는데 몹시도 겸손하시더군요. 아마 타고난 천성이 워낙 좋은 게 아닐까 싶습니다. 형님과 형수님의 교육이 뛰어난 것도 있을 테고요."

"자네가 그렇게 말을 해주니 조금은 안심이 되는군. 그런데 주군께서 정말 우리 파비앙을 좋아하고 계시는 걸까?"

크롤 백작이 파비앙을 지칭할 때 조카님이라고 하는 이유는 간단했다.

바로 그녀가 자신이 주군으로 모시고 있는 손과 혼인할 가능성이 높다고 생각했기 때문이다. 게다가 손은 훗날 왕이 될 가능성이 높은 사람 아니던가. 렌탈도 그 점을 어느 정도 인정하고 있었기에 거기에 대해서는 아무런 말도 하지 않았다.

그러면서도 지금처럼 또 확인을 하고 싶어 했다.

"그건 틀림없습니다. 형님도 가끔 주군께서 조카님을 바라볼 때의 눈빛을 보셨을 것 아닙니까? 제가 가만히 보니 주군께서는 정말 놀라울 정도로 뛰어난 분이지만 이성 문제만큼은 순진한 것 같습니다. 그래서 더 티가 많이 나는 거겠지만요. 하하!"

"그런가? 허허허!"

결국 두 사람의 대화는 이렇게 웃음으로 마무리되고 있었다. 하지만 그렇게 행복해하는 모습을 보면서 속이 쓰린 사람도 있었다.

바로 연합군 정보 담당 소피아다.

'하아… 그 사람을 만나기 전까지만 해도 세상의 모든 남자들은 내가 손만 내밀면 올 거라고 생각했었지. 내가 최고라고 생각했으니… 하지만 파비앙 동생은 여러 가지로 나보다 나은 것 같아. 결국 내가 양보를 해야겠지, 첫 번째 부인 자리는. 치이… 억울하지만 그 사람이라면 두 번째 부인도 나쁘지는 않을 거 같으니 뭐…….'

그녀는 한편으로는 서운했지만 그렇다고 손에 대한 마음을 포기할 생각은 없는 것 같았다. 실제로 첫 번째 부인 자리는 어쩔 수 없다고 해도 두 번째 부인 자리만큼은 자신 있었다.

그녀가 이런 무서운(?) 음모를 떠올리고 있어서 그런지 열심히 말을 타고 달리고 있던 손이 갑자기 재채기를 했다.

"엣취!"

"어머, 감기 걸리셨어요?"

파비앙이 얼른 그렇게 물었다. 꽤나 걱정스럽다는 표정

이다.

그녀는 아직도 숀이 그 어떤 병에도 걸리지 않을 만큼 지독한 인간이라는 것을 모르고 있는 것 같았다.

"감기는 무슨… 자, 일단 여기서 내립시다. 아무래도 조금 더 빠르게 움직여야 할 것 같소. 예감이 좋지 않거든."

"어떤 예감이 좋지 않다는 거죠?"

숀의 말에 파비앙은 괜히 불안해졌다.

그가 이렇게 부정적인 표현을 하는 경우는 거의 없었기 때문이다.

"아무래도 근방에 테우신 영지군을 돕기 위한 지원군이 있는 것 같소. 그들이 갑자기 기습 공격을 하게 되면 우리 병사들이 다칠 우려가 있지 않겠소?"

"어머, 그럼 어서 찾아봐야겠네요?"

"어서 이곳에 말을 묶어 놓고 갑시다."

"네……."

숀은 파비앙을 품에 안고는 마치 빛줄기처럼 허공 저 멀리로 사라져 갔다.

2

사실 파비앙과의 관계가 서먹서먹해지자마자 전쟁을 치

218 건들면 죽는다

르게 된 숀은 그동안 너무나 답답할 수밖에 없었다. 그녀와 관계 개선을 위해 뭔가를 해야 한다는 생각은 있었지만 그럴 만한 시간도 없었고 공간도 없었으니 그럴 만도 했다. 그랬기에 그는 카츠엘 자작의 영지를 통과할 때도, 또 테우신 영지군과의 전투를 벌이는 동안에도 그 생각을 떨칠 수가 없었다.

그러다가 기껏 짜낸 묘안이 바로 그녀와 단둘이 나서는 정찰이었다. 처음에는 그럴 만한 핑계가 없었는데 오늘 고맙게도 적의 기사대장 월터가 빌미를 제공해 준 것이다.

말은 그럴싸했지만 솔직히 아무리 다른 영지군이 테우신 백작과 손을 잡고 기습을 한다고 해도 아군이 피해를 입을 확률은 거의 제로에 가까웠다.

그게 이 일의 진짜 진실이다.

"춥지 않으세요?"

"나는 괜찮소만… 당신은 지금 춥소?"

도리도리.

"그, 그건 아닌데… 잠깐이라도 쉬었다가 가면 안 될까요? 저 때문에 주군께서 너무 힘든 것 같아요."

숀의 품에 안겨서 날아가던 파비앙이 이런 제안을 했다.

멀린 같았으면 대충 죽지 않을 정도로 끌고 다닐 수 있었지만 그녀에게 이런 짓을 할 리는 없었다.

손은 이미 그녀를 안을 때부터 내력을 이용해 그녀에게 보호막을 씌워준 상태다. 그런 이상 설혹 얼음 굴속에 들어가 있다고 해도 추위를 느낄 리 없었다. 그것을 알고 있었지만 파비앙의 한마디에 손은 잠시 아래쪽을 살펴보더니 곧장 지상 어딘가로 내려갔다.

슈웅~ 척!

"마침 이곳에 바람을 막아줄 수 있는 장소가 한 곳 있소. 이쪽으로 들어갑시다."

"네."

그가 도착한 곳에는 사냥꾼들이 가끔 이용하는 것 같은 작고 낡은 오두막이 한 채 있었다. 비록 잘 지은 건물은 아니었지만 그의 말대로 차가운 겨울바람을 막는 데는 문제가 없을 것 같았다.

"이곳에서 잠시만 기다리시오. 내 얼른 땔감을 구해 오겠소."

"알겠어요."

이제 파비앙도 마나를 쓸 수 있는 실력자인지라 이 정도 추위를 견디지 못할 리 없었다. 하지만 그녀는 손의 제안에 순순히 응했다.

그리고 잠시 후 손이 양팔 가득 나무를 안고 나타났다.

"마침 벽난로가 있어서 다행이오. 내가 금방 따뜻하게 해주겠소."

"고마워요."

턱! 화르륵…

이런 말을 하면서 손이 오래된 것 같은 벽난로에 나무를 집어넣더니 순식간에 불을 지폈다. 부싯돌 같은 것이 없어도 이런 일은 식은 죽 먹기였다.

"어머, 불길이 타올라서 그런지 금방 기분이 좋아지는 것 같아요. 호호."

"당신이 좋아하니 나도 괜히 즐거워지는군……."

두 사람은 여기까지 이야기를 하다가 갑자기 말을 잃었다.

하고 싶은 말은 많았지만 당장 뭐라고 해야 할지 갈피를 잡지 못해서다. 그렇게 서먹서먹한 분위기가 잠시 동안 이어졌다.

그러다가 두 사람은 거의 동시에 말문을 열었다.

"미안해요."

"미안하오."

파비앙이 얼른 먼저 양보했다.

"어머, 주군께서 먼저 말씀하세요."

"우리 둘만 있을 때는 주군이라는 표현을 하지 않았으면 좋겠소. 왠지 어색하오."

"그럼 뭐라고 부를까요? 저도 다른 식으로 부르고 싶지만 마땅한 호칭이 생각나지 않아서요."

그녀의 말에 숀은 속으로 이렇게 외쳤다.

'여보나 당신이라고 하면 좋을 텐데… 이렇게 말하면 기겁을 하겠지? 젠장… 그럼 뭐라고 부르라고 해야 하나?'

그는 잠시 고민을 하다가 다시 입을 열었다.

"그냥 이름을 불러주시오. 그게 가장 좋을 것 같소."

"하지만 그건 너무 버릇없는 것 아닐까요? 신분도 그렇고 나이도 훨씬 더 많으신데……."

쿵!

나이가 훨씬 많다는 그 한마디가 숀의 가슴을 후벼 팠다.

그러면서 자기가 지금 무슨 짓을 하고 있는 것인지 회의 감까지 밀려들었다. 그녀의 나이 열다섯. 그리고 그의 나이 는 겨우 열아홉 살이다.

그러나 그의 정신연령은 육십 대여서 그런지 그는 여전히 그녀에게 끌리고 있는 자신의 감정이 잘못된 것이 아닐까 싶은 죄책감이 남아 있었다.

"나이도 많은 내가 자꾸 당신한테 관심을 가져서 미안하 오."

숀의 힘없는 말에 파비앙이 깜짝 놀라 얼른 대꾸했다.

"그런 뜻으로 말씀드린 게 아니에요! 알겠어요. 앞으로 이름 부를게요. 숀."

그러자 시무룩해지던 숀의 얼굴이 활짝 펴졌다.

"바로 그거요, 파비앙. 다시 한 번 불러보시오."

"부끄럽게 왜 그러세요? 숀."

와락!

겨우 이름을 부른 것뿐인데도 숀은 온몸이 짜릿해지는 이상한 느낌을 받았다. 이건 마치 세상을 다 가진 것 같은 기분이다. 그랬기에 숀은 자신도 모르게 파비앙을 힘껏 끌어안고 말았다.

"지난번에는 내가 정말 잘못했소. 용서해 주시오."

"아니에요. 그날 제가 혼자 오해를 했던 것 같아요. 저는 숀이 저보다 소피아 단장님을 더 좋아한다고 생각했거든요."

두 사람은 서로 안은 채 다시 한 번 사과를 했다.

솔직히 숀은 이때까지도 지난번 그 일을 이해하지 못하고 있었다. 단지 워낙 그녀를 좋아하고 있었기에 용서해 달라고 한 것뿐이었는데 그녀가 스스로 이런 대답을 해주는 바람에 처음으로 그녀의 마음을 깨달을 수 있었다.

'그렇구나. 그때 내가 소피아에 대한 대답을 늦게 하는 바람에 이 어린 아가씨가 상처를 받았던 모양이구나. 그것을 이제야 알다니…….'

손은 속으로 그런 생각을 하며 자신도 모르게 파비앙을
더욱 세게 끌어안았다.

그 순간 그녀의 입에서 작은 신음이 들려왔다.

"아……."

"파비앙……."

그 소리를 듣자마자 손은 마치 무엇에 홀린 듯 안고 있던
그녀와 살짝 떨어지더니 한 손으로 그녀의 턱을 받치며 조
용히 이름을 불렀다.

"네, 손……."

"사랑하오."

스윽…

"저도… 읍!"

그리고 곧 두 사람은 입을 맞추었다.

순간 손의 머릿속에서는 화려한 폭발이 일어났다. 전생
과 이생을 합쳐 생전 처음으로 여자와 입을 맞추었으니 얼
마나 황홀하고 달콤했겠는가. 비록 아주 진한 키스는 아니
었지만 그것만으로도 손의 정신은 이미 우주 저 멀리로 달
리고 있었다.

'꿈은 아니겠지? 상상했던 것보다 훨씬 황홀하구나. 이대
로 그냥 시간이 멈추었으면… 좋다… 좋아도 너무 좋다.'

손은 너무나도 부드럽고 따뜻한 파비앙의 입술 감촉을 음

미하며 그런 생각을 하고 있었고 그러는 동안에도 파비앙에
대한 애정은 더욱 새록새록 샘솟고 있었다.

'너, 너무 떨려서 눈을 못 뜨겠어. 이제 어떻게 이 사람
얼굴을 볼 수 있을까? 아이, 부끄러워… 하지만 마치 구름
위에 있는 것 같은 기분이야. 정말 행복해…….'

파비앙은 눈을 꼭 감은 채 부끄러워 어쩔 줄을 몰라 했다.

하지만 재미있는 것은 그러면서도 입술을 떼지 않고 있다
는 점이다. 그만큼 지금 기분이 붕 떠 있다는 뜻이다. 비록
둘 다 아직은 어렸지만 두 사람의 입맞춤은 몹시도 아름다
웠다.

그렇게 얼마의 시간이 지났을까… 갑자기 그녀가 눈을 번
쩍 떴다.

"어머! 거, 거기는…….."

"헉! 이런… 미안하오. 나도 모르게 그만…….."

숀이 너무 황홀한 기분에 빠져들다 보니 실수로 파비앙의
엉덩이를 만졌던 것이다.

그녀의 놀람에 더 놀란 숀은 얼른 손을 떼며 사과를 하려
고 했다.

"쉿!"

그런데 그때 파비앙이 손가락으로 그의 입을 막았다. 나
이는 어렸지만 본능적으로 남자의 마음을 배려했기에 취할

수 있었던 행동이었다.

어찌 보면 귀여우면서도 우스워 보이는 두 사람이었지만 그들의 그런 모습을 지켜보고 있는 것은 오로지 활활 타오르고 있는 벽난로뿐이었다.

3

손과 파비앙이 서로의 마음을 확인했던 그 순간은 매우 오랫동안 꿈속에 있었던 것 같은 느낌을 주었다.

그러나 실제로 흐른 시간은 놀라울 만큼 짧았다. 두 사람이 오두막에 들어섰다가 나오는 데까지 걸린 시간은 고작 이십여 분에 불과했던 것이다.

생각 같아서는 몇 날 며칠이고 계속 함께 있고 싶었지만 현실은 그렇게 만만하지 않았다.

따뜻한 벽난로 앞에 앉아 있다가 나와서 그런지 밖의 공기는 유난히 더 차갑게 느껴졌다. 말을 할 때마다 하얀 입김이 나올 정도다.

그런 가운데 손이 기지개를 켜며 제안을 했다.

"이번 전쟁이 끝나고 나면 우리 함께 하루 이틀이라도 여행을 갔다 오는 것이 어떻겠소? 물론 어른들께 허락을 받았을 때의 이야기요."

"허락해 주시지 않으면 못 가는 건가요?"

파비앙이 여전히 상기된 얼굴로 되물었다.

"그, 그건……."

"만일 허락해 주시지 않으면 우리, 몰래 갔다 와요. 네?"

그렇게 순진하고 착한 파비앙이 당돌할 만큼 놀라운 의견을 내놓았다. 그녀의 그런 모습이 숀의 가슴을 더욱 뛰게 만들었다. 마치 그녀가 부모보다 그를 더 좋아하는 것 같은 뉘앙스를 느꼈기 때문에 그랬는지도 모른다.

"그러다가 쫓겨나면 어쩌려고?"

"그건 제가 알아서 할 문제이니 신경 쓰지 마세요. 당신에게 책임지라고 하지는 않을 테니까요."

아직 어리지만 파비앙은 자신의 주관이 뚜렷한 것 같았다.

그를 사랑하기에 같이 있고 싶은 마음은 있지만 그렇다고 그에게 기대려고 하지는 않았다.

처음 그녀를 만났을 때만 해도 숀은 그녀를 작고 여린 소녀로만 생각했었다. 하지만 알면 알게 될수록 그녀는 마치 양파를 까는 것처럼 계속해서 새로운 모습을 보여주고 있었다.

어쩌면 그래서 점점 더 그녀에게 빠져들고 있는지도 몰랐다.

"하하! 알겠소. 그렇다면 나도 지금부터 어디로 가는 것이 좋을지 연구해 봐야겠군. 자, 그럼 이제 어서 움직입시다. 더 지체를 하다가는 우리가 발견하기 전에 적군이 먼저 움직일 수도 있으니……."

"알겠어요."

숀이 양팔을 벌리자 파비앙이 그에게 안겼다.

아까까지만 해도 어딘지 불편했던 자세였지만 이제는 그의 품이 너무나도 편하고 아늑했다.

그의 감정을 알 수 있었기에 그런 것 같았다. 그건 숀도 마찬가지였다. 그는 그녀의 몸에서 풍겨 나오는 황홀한 향기를 한껏 들이마시며 땅을 힘차게 박차고 날아올랐다.

"조금이라도 춥거나 불편하면 바로 말을 하시오. 알겠소?"

"네……."

숀은 파비앙을 안은 채 최고의 경공이라고 할 수 있는 육지 비행술을 펼쳤다.

별것 아닌 것 같지만 허공을 날면서 이처럼 태연하게 말을 할 수 있는 사람은 과거 중원에서도 그 말고는 없었다. 계속해서 날아가려면 끊임없이 내력을 사용해야 했기에 무궁무진한 내공이 없는 이상은 불가능했기 때문이다.

그런 내용까지 알지 못하는 파비앙이었지만 그녀는 숀의

품에 안긴 채 날아갈 때마다 늘 신기함을 느끼고 있었다. 특히 그렇게 빨리 날아가고 있는 데도 자신은 바람 한 점 느끼지 못하고 있었으니 얼마나 놀랍겠는가.

아무튼 그런 모습으로 두 사람은 테우신 영지 주변을 빠르게 정찰하고 있었다. 그러던 어느 순간, 숀의 비행 속도가 갑자기 느려졌다.

"드디어 찾았군. 저렇게 두더지처럼 땅굴을 파고 숨어 있으니 쉽게 눈에 띄지 않았겠지. 저들에게 가까이 접근해야 하니 지금부터는 말을 더 아낍시다."

끄덕끄덕.

적들은 테우신 영지의 동쪽 방향에 있는 작은 산속에 숨어 있었다. 숀의 연합군이 진을 펼치고 있는 곳에서 그리 멀지 않은 위치다.

이곳은 비록 작은 산이었지만 나무가 많은 데다가 좌우로 눈이 쌓여 있는 계곡이 있었다. 테우신 영지의 지원군들은 바로 그 계곡 안쪽에 숨어 있었기에 쉽게 눈에 뜨일 것 같지 않았다.

숀은 그들의 정체를 조금 더 자세히 알아보기 위해 그들이 숨어 있는 계곡 위쪽에 조용히 내려섰다. 거리로는 그리 멀지 않았지만 적들 입장에서 그를 발견하기에는 불가능한 위치였다.

"이것 보시오, 메우신 마법사. 아직도 공격 명령이 떨어지지 않은 거요?"

"그렇습니다. 제가 방금 사령관님께 여쭈어본 바로는 그리 오래 걸릴 것 같지는 않습니다. 그러니 조금만 더 기다려 주십시오."

계곡 안쪽에서는 멋진 갑옷을 차려입고 있는 중년의 기사와 늙은 마법사가 대화를 나누고 있었다. 아직 기사는 누구인지 알 수 없었지만 마법사는 메우신이라는 이름을 가지고 있었다. 그는 테우신 영지의 제2 마법병단의 책임자였다.

"기다리라는 이야기를 한 지가 벌써 두 시간이오. 이러다가는 우리 병사들이 싸워보기도 전에 죄다 얼어 죽겠소. 그러니 어서 당신네 사령관님께 공격 명령을 내려달라고 다시 요청해 보시오."

"죄송합니다. 하지만 지금 적들과 탐색전을 벌이고 있는 상황이라고 하니 조금만 더 기다려 주십시오."

4서클 마스터 마법사인 메우신에게 반(半)하대를 하며 불평불만을 늘어놓는 것으로 보아 기사의 신분이 꽤나 높다는 것을 알 수 있었다.

일반 기사라면 마법사에게 이런 식으로 말하지 못했을 것이고 이처럼 메우신이 쩔쩔매지도 않았을 터였다.

"우리가 나서면 싸움도 빨리 끝날 텐데 무엇 때문에 이렇게 자꾸 시간을 끄는지 모르겠군. 젠장."

"……."

중년의 기사가 이해할 수 없다는 표정으로 또 한 번 투덜거렸지만 메우신은 아예 대꾸도 하지 않았다. 자꾸 말해 봤자 입만 아플 뿐이었으니 그럴 만도 했다.

'빌어먹을 놈… 각하 앞에서는 찍소리 한마디도 못 하는 놈이 꼴에 자작이라고 더럽게 까다롭게 구네. 그나저나 월터, 그자는 대체 뭘 하고 있는 거야? 이 시간이면 놈들을 함정에 빠뜨렸어도 열두 번은 빠뜨렸을 텐데 아직도 대기하라니… 쯧…….'

그는 속으로 기사 욕을 하다가 고개를 절레절레 흔들었다.

기사대장 월터가 적들을 함정에 빠뜨려야 공격 명령을 내릴 수 있을 텐데 마냥 기다리라고 했던 모양이다.

그들은 이미 손의 연합군에게 사로잡혀 있었지만 그것을 모르고 있는 메우신의 입장에서는 속이 타는 상황이었다.

그런데 바로 그때, 그가 가지고 있는 마법 통신 구슬이 반짝거렸다.

마침내 사령관 해럴드의 연락이 온 것이다.

[메우신, 들리나?]

"네, 말씀하십시오."

[기사대장 월터의 소식이 끊긴 상태다. 해서 우리들은 곧장 적들을 향해 진군할 계획이다. 그러니 그쪽도 바로 기습 준비를 완료하고 은밀하게 적이 있는 쪽으로 이동하라. 그러고 나서 대기하다가 명령이 떨어지면 그때 바로 적을 공격해라.]

"알겠습니다!"

비록 남아 있는 테우신 영지군은 적었지만 해럴드는 태연한 목소리로 그런 명령을 내렸다.

지금 계곡 안에 모여 있는 병력만 해도 무려 삼천여 명이다. 그들이 지시대로만 움직여 준다면 아직 승산은 충분했다.

물론 이런 계획을 적들이 전혀 눈치채지 못할 때 이야기다.

"모두 장비를 점검하고 이동 준비를 하라!"

"알겠습니다!"

메우신 마법사에게서 해럴드의 명령을 전해 들은 중년의 기사는 병사들을 독려했고 두 시간 동안 얼음 계곡 속에서 발만 동동 구르던 병사들이 크게 기지개를 켜며 활기차게 움직이기 시작했다.

거기까지 지켜보던 숀이 작은 목소리로 파비앙에게 말을 던졌다.

"이제 돌아갑시다."

끄덕끄덕.

그리고 곧 두 사람은 날아올 때보다 더욱 빠른 속도로 사라져 버렸다.

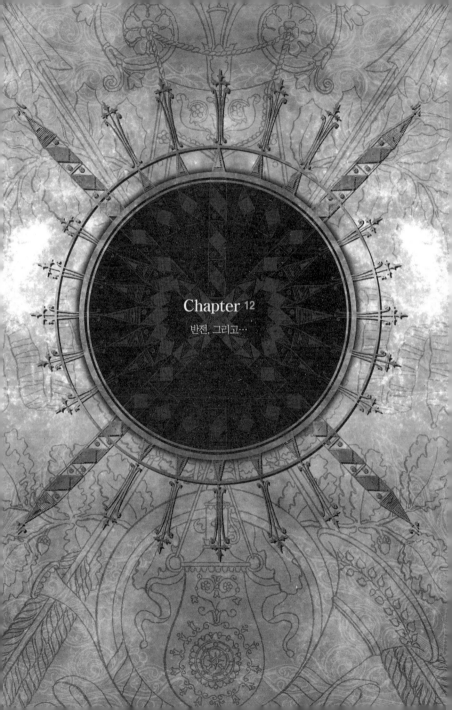

Chapter 12

반전, 그리고…

건들면 죽는다

1

　손이 파비앙과 함께 정찰을 떠난 후에도 한동안 연합군의 진영은 한가했다. 대부분 병사들은 테우신 영지군으로 있다가 전향한 자들에게 연합군의 규칙과 행동 강령을 알려주느라 여념이 없었다. 그리고 지휘관들은 삼삼오오 모여서 이런저런 잡담을 나누고 있었다.

　이때까지만 해도 아무런 문제가 없을 것 같았다. 이미 적의 주력부대는 괴멸되었으며 거의 대부분이 아군에게 흡수된 상태인데 뭐가 걱정이었겠는가.

　그러나 반전은 이미 일어나고 있었다.

"최대한 적들의 배후로 접근해야 한다. 말의 발굽에 천은 모두 씌운 것이냐?"

"물론입니다, 보스. 명령만 내리시면 귀신처럼 이동할 수 있습니다."

그들과 고작 3킬로미터 정도 떨어진 숲 속에서 이런 말소리가 들려왔다. 워낙 작게 속삭이고 있어서 바로 곁에 있지 않고서는 알아들을 수 없을 정도다.

그런 가운데 방금 입을 열었던 사람은 검정 일색의 복장에 복면까지 하고 있는 중년의 사내였다. 그리고 그 말을 받은 사람은 역시 같은 복장에 삼십 대 초반쯤 된 것 같은 사내다. 한 가지 차이가 있다면 중년의 사내가 쓰고 있는 복면의 눈 주변이 금테로 되어 있다는 정도다. 그러나 이런 모습만 보고는 대체 무엇을 하는 자들인지 도저히 알 수가 없었다.

"좋아, 그럼 지금부터 모두 움직여라. 최대한 조용히 나아가되 가능한 한 빨리 적들을 공격할 수 있는 위치를 확보해야 한다!"

"알겠습니다. 모두 이동하라!"

작지만 강한 어조로 중년의 사내가 명령을 내리자 놀랍게도 인근의 숲이 움직이기 시작했다. 나뭇잎으로 위장한 자들이 워낙 많이 이동하는 바람에 그런 착각이 들 정도였다.

샤샤샤삭~!

게다가 그들은 분명 말을 타고 움직였는데 소리만큼은 그런 느낌을 주지 않았다. 마치 세찬 바람이 나뭇잎을 흔들 때 나는 소리 같았다. 말발굽에 천을 씌워놓아서 그런 것도 있겠지만 기수들이 워낙 노련하게 말을 이끌어서 더 그런 것 같았다. 또한 이들은 전속력으로 달렸을 경우 채 오 분도 걸리지 않았을 거리를 십오 분에 걸쳐 이동하고 있었다.

그때, 선두에서 움직이고 있던 정찰병이 되돌아와 중년의 사내에게 보고를 했다.

"전방 이백여 미터 지점에 최적의 조건을 갖춘 공터가 있습니다."

"적과의 거리는 얼마나 되나?"

"대략 삼백 미터쯤 될 것 같습니다."

"거리는 딱 알맞군. 좋아, 모두 그쪽으로 이동하도록."

정찰병의 보고를 듣자마자 중년의 사내는 나뭇잎으로 위장을 하고 있는 모든 복면인들을 공터로 이동시켰다. 그렇게 공터에 모여든 자들의 수는 족히 이천 명은 되는 것 같았다. 그러나 모두 갑옷이 아닌 검은색의 천 옷을 입고 있는 것으로 보아 기사나 병사는 아닌 것 같았다.

하지만 그들보다 조금 늦게 도착하고 있는 물건은 절대 일반인이 사용할 수 있는 것이 아니었다. 이천여 명이 좌우로 쫙 갈라지며 그 사이로 등장하고 있는 것은 놀랍게도 최신형 투석기였던 것이다. 총 네 대나 되는 투석기들이 각기 마차 위에 실린 채 도착했다.

"투석기를 내려서 신속히 사격 준비를 하라!"

"알겠습니다!"

제법 큰 투석기였지만 나무로 만들어진 데다가 삼등분으로 분해가 가능했기에 복면인들은 순식간에 그것을 분해해 바닥에 내려놓았다가 곧장 다시 조립했다.

그러자 위풍당당한 네 대의 투석기가 제 모습을 갖추었다.

"망원경을 가져와라."

중년의 사내가 오른손을 내밀며 말하자 좌측에 있던 복면인 하나가 품속에서 망원경을 꺼내더니 그에게 건네주었다.

"여기 있습니다, 보스."

그러자 그는 그것으로 숀의 연합군이 모여 있는 곳을 관찰하기 시작했다.

망원경 속에 들어온 숀의 연합군은 얼핏 보기에도 사오천 명은 될 것 같았다.

그게 충격이었는지 중년의 사내는 불쾌한 어조로 한마디 던졌다.

"천팔백 명이라고 들었는데 아무래도 우리가 속은 것

같군."

삼십 대 초반의 사내가 얼른 되물었다.

"그게 무슨 말씀이십니까?"

"자네가 직접 한번 보게."

"헉! 어림잡아도 사천 명은 되겠군요. 이게 대체 어떻게 된 노릇일까요? 크롤 연합군이 카츠엘 자작 성을 나설 때만 해도 일천팔백 명이 분명했습니다. 이건 테우신 백작 측에서 알려준 숫자이기도 했지만 우리 대원이 직접 확인했던 내용이라 틀림없습니다."

갈수록 이들의 정체가 궁금해지는 대목이다.

그나마 한 가지 밝혀진 사실은 이들도 테우신 백작과 어떤 연관이 있다는 점이었다. 그렇다면 지금 이들은 투석기까지 동원해 숀의 연합군을 공격할 목적으로 이곳에 나타난 것이라고 볼 수 있었다. 그것도 하필 숀이 정찰을 하기 위해 외부로 나가 있는 상황에서 말이다.

현재 숀의 연합군이 엄청난 실력을 갖고 있기는 했다.

그러나 적들이 이렇게 가까이 와 있어도 그것을 눈치챌 수 있는 사람은 없었다. 이들이 워낙 은밀하게 움직여서 그런 것도 있지만 숀과 같은 괴물이 있지 않은 이상에는 삼백 미터 밖에서 조용히 일어나고 있는 일을 쉽게 알 수는 없는 노릇이다.

"우리가 준비해 온 깜찍한 녀석들이 몇 개나 되나?"

"총 열여섯 개입니다."

"그렇다면 투석기 한 대당 네 발씩이라는 말이군. 으음……."

깜찍한 녀석이 무엇인지는 알 수 없었다. 단지 투석기를 이용해 날리려는 것을 보면 돌 종류일 것 같았다. 그러나 주변을 아무리 살펴보아도 저 큰 투석기로 날릴 만한 거대한 돌은 그 어디에도 보이지 않았다.

단지 투석기 주변에 검은 말 두 마리가 끌고 있는 검은색의 마차만 존재할 뿐이었다.

"어떻게 할까요? 보스. 어차피 계약은 저들이 먼저 어긴 것이니 이대로 돌아갈까요?"

"그건 안 된다. 우리가 상대해야 할 자들이 늘어났으니 그만큼 돈을 요구하면 될 것이다. 테우신 백작이 아무리 야비한 작자라고 해도 감히 우리를 무시할 수는 없을 테니 말이다."

테우신 백작과 관계는 있을지 몰라도 그를 존중해 주는 기색은 없었다.

이로 미루어 볼 때 이 집단과 테우신 백작 간에는 모종의 거래 관계가 이루어져 있는 것 같았다. 삼십 대 초반의 사내의 질문에 돈 이야기까지 나오는 것을 보면 분명했다.

"그러면……."

"지금 바로 공격 준비를 하라. 목표는 놈들이 집중적으로 모여 있는 곳이다."

"알겠습니다."

결국 손이 우려할 만한 일이 현실로 나타났다. 중년의 사내가 공격 명령을 내리자 몇몇 복면인들이 잽싸게 검은색의 마차에 올라타더니 그곳에서 반들반들한 상자를 내리기 시작했다. 모두 네 개다. 그들은 그것을 각각 한 개씩 나누어 들더니 한 대의 투석기 앞에 하나씩 갖다 놓았다. 그러고는 일제히 상자의 뚜껑을 열었다.

"깜찍이들을 장전할까요?"

"즉시 장전하라."

상자를 날랐던 복면인들이 묻자 삼십 대 사나이가 망설임 없이 명령을 내렸다.

그러자 복면인들은 상자 안에서 조심스럽게 검은색의 구체를 꺼내 들었다. 대략 어른 머리통만 한 크기의 그 구체는 섬뜩하게도 폭탄처럼 보였다. 상자 안에는 그런 것들이 각기 네 개씩 들어 있는 것 같았다. 곧바로 그들은 그것을 투석기 위에 올려놓았다.

원래 투석기의 사거리는 100미터 이내다. 그러나 그것은 커다란 바위를 올려놓았을 때 이야기다. 지금처럼 이렇게 작은 구체를 날릴 경우 그 사거리는 족히 서너 배 늘어난다.
그들이 어째서 삼백 미터 떨어진 지점에 자리를 잡은 것인
지 알 수 있는 대목이다.

어쨌든 그렇게 모든 준비가 끝나고 나자 삼십 대의 사내
가 중년의 사내에게 가까이 다가가 조용히 물었다.

"발사할까요?"

"내가 셋을 헤아리면 그때 발사한다."

"알겠습니다."

중년의 사내는 계속 망원경으로 숀의 연합군 진영을 살펴
보고 있었다.

그러다가 어느 순간부터 카운트를 했다.

"하나… 두울… 셋!"

"발사!"

"발사!"

두둥! 부웅~~!

그리고 곧 발사 명령이 떨어졌다. 동시에 표면이 반들거
리는 검은색의 구체가 하늘 높이 날아갔다.

2

나무들 사이로 바람처럼 달려가던 복면을 쓴 검은 그림자

가 갑자기 멈추어 섰다.

그러더니 아무도 없는 허공에 대고 갑자기 말을 던졌다.

"이제 감히 나를 관찰하려는 것인가?"

그러자 놀랍게도 복면인의 우측에 있던 나무 위에서 누군가가 불쑥 떨어져 내렸다.

휙~ 척!

"오랜만에 뵈옵니다, 로드. 못 뵌 사이에 실력이 일취월 장하신 것 같군요. 축하드립니다."

"접선 장소에서 보기로 했거늘… 여기까지 온 이유는? 그 것도 일좌인 그대가 직접 오다니 의외로군."

놀랍게도 검은 그림자는 차가운 말투기는 해도 매우 영롱한 목소리를 가진 데다가 볼륨감이 대단한 몸매를 가진 여인이었다.

바로 욜라다.

그리고 그런 그녀 앞에 나타난 자 역시 복면을 쓰고 있는 사내였는데 어찌나 말투가 무감정한지 소름이 다 끼칠 정도였다. 하지만 그는 욜라 앞에서 매우 공손한 태도를 보이고 있었다.

"로드의 명을 받고 이미 '다크 아이즈(dark eyes)' 전원이 움직이고 있습니다. 그런데 저희가 쫓고 있던 목표물이 갑자기 이동 방향을 반대로 바꾸었습니다. 우리의 존재를 눈

치챈 것 같지는 않지만 그래도 혹시 몰라 제가 직접 나서서
놈을 쫓던 중이었지요."

"반대로 움직이는 놈을 따라가다 보니 내가 움직이는 방
향과 맞물렸다고 말하고 싶은 것인가?"

"맞습니다. 로드께서도 어차피 그놈의 흔적을 뒤쫓아 오
실 테니까요. 미리 기다렸다가 알려 드리지 않으면 접선 장
소까지 갔다가 다시 되돌아올 것 같았기에 제가 먼저 나선
것입니다."

대화는 길었지만 결국 서로 같은 목표를 쫓다가 마주치게
되었다는 이야기다.

다른 사람들은 절대로 욜라의 흔적을 발견할 수 없지만 복
면의 사내가 조금 전 거론했던 '다크 아이즈(dark eyes)'는
달랐다. 그들에게는 욜라가 수시로 자신이 움직이는 동선을
알려주기 때문이다. 그리고 바로 이 '다크 아이즈'야말로 그
녀의 수족과 같은 존재들이었다. 크고 작은 암살은 물론 그
어떤 정보도 순식간에 빼올 수 있는 능력자들인 데다가 지금
처럼 한 번 정한 목표물은 절대로 놓치지 않는 추적의 달인
들이 바로 '다크 아이즈'였다.

"그럼 어서 앞장서라."

"알겠습니다. 이쪽으로 가시지요."

파팟!

손과 함께 있을 때와는 달리 욜라는 무척 사무적인 태도를 보이고 있었다. 사실은 이런 것이 그녀의 본래 모습일 터였다. 그래서인지 복면의 사내도 그 어떤 질문도 없이 곧장 몸을 날렸다.

그렇게 두 사람이 눈 덮인 숲 속을 약 삼십 분 정도 달렸을 때 갑자기 어디선가 산새의 울음소리가 들려왔다.

찌르르르… 지지배배…

"다행히 목표물을 바짝 따르고 있는 것 같습니다."

새소리는 이들끼리의 암호인 듯싶었다. 복면의 사내가 이런 말을 하는 것을 보면 말이다.

[나도 이미 알고 있으니 입 다물어라. 숲 속이라 작은 소리도 멀리서 들을 수 있다는 것을 잊은 것이냐?]

그러자 욜라가 매직 보이스를 이용해 사내에게 주의를 주었다. 그 바람에 사내는 깜짝 놀랐지만 주의를 들은 상태라 그저 가만히 욜라를 향해 고개만 한 번 숙이는 것으로 의사 표현을 하고 말았다. 알아들었다는 뜻이다.

그리고 약 1분 뒤, 두 사람은 마침내 숲 사이로 나 있는 오솔길을 열심히 달리고 있는 말 한 마리를 발견할 수 있었다. 최근에도 사람들의 왕래가 제법 있었는지 길 위에는 눈이 거의 치워져 있는 상태였다.

[여기서부터는 나에게 맡기고 너희들은 대기하고 있다가

이후 다시 내 명령을 기다려라.]

끄덕끄덕.

휙~~!

욜라의 말이 떨어지자마자 사내는 그녀를 향해 고개를 끄덕여 보이더니 순식간에 그곳에서 사라져 버렸다.

그러자 욜라는 그가 사라진 방향을 보다가 무서운 속도로 달리다가 앞에 달려가던 말의 배에 달라붙었다. 언젠가부터 이 수법은 그녀의 전문 기술이 된 것 같았다. 하긴 그 어떤 어쌔신도 상대방이 눈치챌 수 없는 상태에서 달리고 있는 말의 배에 붙을 수는 없을 터였다.

두두두두…

"으음… 이제 더 기다릴 시간이 없다. 오늘은 모두에게 뜻을 알리고 거사 준비를 해야 할 거야."

욜라가 붙어 있는 말 위에는 언제나 루카스의 충신임을 주장하는 듀렌이 타고 있었다.

가만 보니 욜라는 숀의 명령에 따라 자신의 수하들까지 모두 동원해 그의 뒷조사를 하고 있었다. 이미 그녀의 수족이라고 할 수 있는 다크 아이즈에 의해서 그의 거처와 활동 반경은 거의 다 알아놓은 상태였다.

이제 그가 누구와 접선을 하고 있는지만 밝혀내면 되었고 드디어 오늘 그 기회를 잡은 것이다.

'이쪽 산을 타고 넘어가면 케니스 자작의 영지이다. 그렇다면 이자는 설마 케니스 자작과 한패라는 말인가? 으음… 이 일이 좋은 쪽으로 흐를지 나쁜 쪽으로 흐를지 도무지 모르겠구나. 어차피 가보면 알겠지만…….'

이미 칼론 왕국의 지리는 거의 모두 그녀의 머릿속에 들어 있었다. 직업의 특성상 지리 공부는 기본이었기 때문이다.

그런 그녀의 기억에 의하면 지금 듀렌은 산길을 가로질러 케니스 영지로 가고 있는 것이 분명했다. 케니스 자작은 현 왕실 근위대 부총사를 겸임하고 있는 사람이며 언젠가 렌탈 영지에도 왕실의 사신 자격으로 방문한 적이 있었다. 그리고 당시 욜라는 손의 부탁으로 잠깐이기는 했지만 그의 뒷조사를 했었고 그로 인해 지금 가고 있는 곳이 케니스 영지라는 것을 알 수 있었다. 그리고 또한 케니스 자작이 일왕자나 이왕자 편에 서지 않은 채 철저하게 중립을 지키고 있다는 것도 파악했었다.

그랬기에 케니스 자작과 손의 부모 근처에서 알짱거리던 듀렌이 만나게 되면 어떤 결과가 나올지 더욱 예상하기 힘들었다. 아직 그들의 색깔을 정확히 모르고 있었기 때문이다.

"워어어~!"

히이잉~

율라가 그런 생각을 하고 있는 사이 어느덧 듀렌은 숲을 벗어나 꽤나 운치 있어 보이는 성문 앞에 도착했다.

"누구시오?"

"케니스 자작님을 만나 뵈러 온 사람이다. 어서 문을 열라."

성문 위에 있던 병사 한 명이 정체를 묻자 듀렌이 당당한 태도로 대꾸했다.

"아, 듀렌 기사님이십니까?"

병사는 그가 방문한다는 것을 알고 있었는지 대뜸 그렇게 물었다.

"그렇다."

"바로 문을 열겠습니다. 어서 성문을 내려라."

"성문을 내려라!"

그그그긍!

듀렌의 신분을 확인한 병사가 소리를 지르자 곧 육중한 성문이 천천히 내려왔다. 이곳도 성 주변에 해자가 파여져 있기에 성문이 다리 역할을 해주지 않으면 성안으로 들어갈 수 없던 것이다.

그렇게 듀렌과 함께 성안으로 들어선 율라는 기회를 노리다가 순식간에 말에서 떨어져 나가더니 성안에 있는 관사를 향해 달려갔다. 그러고는 곧 마치 거미처럼 벽을 기어오르다가 감쪽같이 사라져 버렸다.

그녀는 이미 이곳을 다녀간 적이 있었기에 관사 안의 구조를 안방처럼 잘 알고 있었다.

'예나 지금이나 오래된 성의 건물들은 너무 편안하단 말이야. 천장 안쪽은 아직까지도 보수를 하지 않았네. 호호.'

그녀는 관사 내부의 천장을 편안하게 돌아다니며 그런 생각을 하고 있었다. 그러면서 슬슬 듀렌과 케니스 자작이 밀담을 나눌 만한 장소로 이동했다.

그렇게 천장을 통해서 그녀가 도착한 곳은 바로 케니스 자작의 집무실이었다.

'어디 보자… 이쯤이 취약한 지점이었지?'

그 위에서 천장의 이곳저곳을 살펴보던 그녀가 한 지점을 발견하고는 눈을 반짝이며 속으로 그렇게 중얼거렸다. 그러고는 곧 품속에서 작은 용기를 꺼내 그 지점에 액체 한 방울을 떨어뜨렸다.

치이이이…

그러자 놀랍게도 천장에 작은 구멍이 하나 뚫렸다. 그녀는 그곳을 통해 케니스의 집무실을 살펴보았다.

그런데 바로 그때, 그녀의 눈에 너무나도 의외의 인물이 들어왔다.

'헉! 저, 저자는 분명 그자인데… 저자가 왜 이곳에 있는 거지?'

그의 정체를 확인하는 순간 그녀는 속으로 헛바람을 들이켰다. 워낙 놀란 탓이다.

지금 케니스 자작의 맞은편에 앉아 있는 인물은 약간 왜소한 체구에 콧수염까지 기르고 있었다. 어찌 보면 별 볼 일 없는 소인배처럼 보였지만 그에게서는 말로 형언하기 어려운 거대한 위압감이 느껴지고 있었다.

그럴 수밖에 없는 것이 그는 바로 칼론 왕국의 유일한 공작 말도스였던 것이다. 그는 과거 렌탈 남작의 가문을 몰락시킨 주범으로 알려져 있었고 최근 렌탈 영지를 침공했던 단데스 자작의 배후 인물로도 유명했다.

하지만 그 무엇보다 욜라를 놀라게 만든 이유는 그가 바로 일왕자인 바스티안의 사람이라는 데 있었다.

어쨌든 그녀가 놀란 가슴을 안정시키고 있을 때 마침내 듀렌이 집무실 안으로 들어섰다. 겉으로 볼 때는 서로 연관이 없어 보이는 세 사람이 지금 한자리에 모이게 된 것이다.

3

욜라가 이렇게 듀렌은 물론 케니스 자작과 말도스 공작의

집회를 엿보고 있을 때 슌의 연합군이 주둔해 있는 곳에서
는 큰 위기를 맞이하고 있었다.

부웅~~!

"저, 저게 뭐지?"

"그러게……."

그들은 묵직한 것이 날아오는 소리에 본능적으로 하늘을
올려다보았고 곧 무려 네 개나 되는 시커먼 구체들을 발견
할 수 있었다. 순간 몇몇 기사와 병사들이 그것을 보고 고개
를 갸웃거렸지만 대다수의 병사들은 그다지 큰일일 것이라
고는 생각하지 않았다. 단지 저것에 부딪히면 다칠 것 같은
생각이 들었는지 재빨리 자리를 이동하기 시작했다.

그런데 바로 그때…

"모두 피해라!"

"피해!"

우르르르르…

구체가 떨어지기 직전에서야 그것을 발견한 멀린이 있는
힘을 다해 소리쳤다. 그 바람에 병사들은 덜컥 겁을 집어먹
으며 더 빨리 뛰었지만 바로 그 순간 구체는 땅에 떨어지고
말았다.

콰콰콰콰쾅!

"으악!"

"으아악~!"

그러자 마치 천지가 붕괴되는 것 같은 커다란 폭발과 함께 무서운 굉음이 울려 퍼졌다. 그 뒤를 이어 여기저기서 비명 소리도 터져 나왔다. 그나마 빨리 대피를 한다고 했는 데도 수많은 병사가 피해를 입은 것이다.

특히 마나를 다룰 줄 모르는 데다가 한곳에서 옹기종기 모여 있던 테우신 영지 출신 병사들의 피해는 엄청났다. 그 한 번의 공격으로 무려 백여 명에 달하는 사상자가 발생한 것이다. 그나마 한 가지 다행인 것은 원래 손의 연합군은 마나를 다룰 수 있는 만큼 빠르게 대피할 수 있었으며 그로 인해 네댓 사람이 경미한 부상을 입은 것을 빼고는 거의 피해가 없었다는 점이다.

그러나 공격은 그게 끝이 아니었다.

"빌어먹을 새끼들… 쥐 새끼들처럼 잘도 피하네. 두 번째 깜짝이를 준비하라!"

"장전하라!"

망원경으로 연합군의 동태를 살펴보던 수수께끼의 중년 사내가 욕을 해대며 또다시 명령을 내렸다. 그러자 복면인들이 재빨리 투석기에 폭탄을 장전했다.

"장전 완료!"

"준비… 쏴!"

두둥! 두둥!

부우웅~!

그리고 곧 또다시 네 발의 폭탄이 허공 높이 날아올랐다.

하지만 이때는 이미 6서클에 달해 있는 마법사 멀린도 충분히 대비를 하고 있었다. 그는 재빨리 다른 마법사들까지 독려해 벌써 실드 마법을 준비시켜 놓은 상태였다.

멀린은 마법의 눈으로 허공 저편을 바라보고 있다가 또다시 폭탄이 떠오르는 것을 보며 마법병단원들에게 외쳤다.

"모두 메모리는 끝났나?"

"네, 단주님!"

그들로부터 긍정적인 대답이 나오자 멀린은 가만히 오른손을 치켜들며 다시 한마디 했다.

"모두 준비하라."

그러자 마법사들은 곧바로 마법을 펼칠 수 있는 자세를 취했고 다른 병사들은 최대한 마법사들이 있는 쪽으로 모이기 위해 노력했다. 그럴 때 폭탄이 다가왔다.

"지금이다! 실드~!"

"실드!"

비비비빙~!

연합군의 마법병단 안에는 6서클 마법사 멀린을 비롯해 5서클 마법사인 칼베르토와 최근 합류한 맥켄리는 물론 그

아래로 4서클과 3서클 마법사도 상당수 있었다. 그런 그들이 모두 힘을 합쳐 실드를 펼치자 실로 거대한 투명 막이 연합군의 진지 위로 생성되었다. 그리고 곧 날아오던 폭탄이 실드와 부딪치며 커다란 폭발을 일으켰다.

콰콰콰쾅~~!!

과연 마법으로 만들어진 실드의 위력은 놀라웠다. 그 엄청난 폭발에도 실드 안에 있던 병사들에게는 조금의 충격도 전해지지 않았던 것이다.

"실드를 해제하고 다음 공격에 대비하라."

"알, 알겠습니다!"

거기에 더욱 자신이 생겼는지 멀린은 곧바로 다음 명령을 내렸다.

하지만 그의 명령에 대답을 하고 있는 마법사들의 목소리에는 왠지 힘이 없는 것 같았다. 그럴 수밖에 없는 것이 방금 전의 폭발을 막아내기는 했지만 이때 마법사들이 받은 충격은 그리 작지 않았다. 물리적인 힘의 최고라고 할 수 있는 폭탄 공격인만큼 그 위력도 대단했던 것이다. 그들의 그런 어려움을 충분히 눈치챈 멀린도 속으로 걱정을 할 수밖에 없었다. 보고 있는 눈이 많아 아무렇지도 않은 것처럼 보이기는 했지만 말이다.

'두 번의 폭발음을 주군께서 듣지 못하실 리 없다. 그러니 조만간 그분이 돌아와 지금의 상황을 뒤바꿔 주실 수 있을 터… 무슨 일이 있어도 그때까지는 버텨야 한다. 휴우…….'

그 누구보다도 숀의 능력을 잘 알고 있는 멀린은 그가 오기만 하면 지금의 어려움을 단번에 해결해 줄 수 있을 것이라고 믿었다.

문제는 그가 얼마나 빨리 올 수 있느냐 하는 점이었다.

겨우 한 번 막은 것뿐인데도 그를 제외한 나머지 마법사들은 털썩 주저앉은 채 마나 운용을 하느라 기를 쓰고 있었다. 만일 이런 상태에서 연속으로 두세 번만 더 적의 공격이 이어지면 정말 심각한 낭패를 당할 수도 있었다. 그랬기에 멀린은 속으로 빌고 또 빌었다. 어서 빨리 숀이 와주기를 말이다.

이때 숀은 안타깝게도 숨어 있던 지원군들을 발견한 이후 그들의 뒤를 따르다가 갑자기 방향을 바꿔 테우신 성 쪽으로 가던 중이었다. 지원군이 연합군 주둔지까지 이동하는 시간이면 자신이 성안의 정세를 살펴보고 와도 충분할 것이라고 계산을 했던 탓이다. 비록 파비앙과 함께 있었지만 이미 무공 실력이 극에 달해 있는 그의 능력이라면 그런 것은 아무런 문제도 되지 않았다.

"테우신 백작을 납치할 생각이세요?"

"그건 그자의 얼굴부터 보고 나서 결정할 생각이오. 그전에 우선 테우신 영지군을 총 지휘하고 있는 사령관부터 봐야겠지만……."

손의 품 안에 있던 파비앙이 그렇게 묻자, 그는 그럴 수도 있다는 뉘앙스를 슬쩍 남기며 대답을 했다.

사실 그를 납치할 생각이었으면 굳이 이렇게 번잡하게 일을 만들 필요도 없었다. 전쟁이 시작됨과 동시에 납치할 수도 있었기 때문이다. 하지만 그는 요즘 평범한(?) 삶에 꽤나 만족하고 있었고 함께 움직이고 있는 동료들이 노력하는 모습을 지켜보는 재미가 쏠쏠한 상황이다. 그랬기에 일부러라도 그들과 함께 거사를 이루고 싶었던 것이다.

"저는 차라리 테우신 백작을 납치할 수 있으면 그렇게 해서라도 빨리 전쟁을 끝냈으면 좋겠어요. 그러면 아군이든 적군이든 죽거나 다치는 사람이 없을 테니까요."

"그 한 사람만 없앤다고 해서 평화가 찾아오는 것은 아니오. 그와 이해관계가 얽히고설킨 무리들도 만만치 않게 있을 테니 말이오. 그러니 힘들겠지만 우리 끝까지 잘 싸워봅시다. 무엇이든 쉽게 얻는 것은 쉽게 사라지지만 힘들게 노력해서 얻는 것은 그만큼 생명력이 길고 오래가지 않겠소? 그건 평화도 마찬가지라고 생각하오."

시간이 흐를수록 쑨의 입담은 발전하고 있었다. 그건 그가 최근 들어 평범한 인간의 삶에 대한 공부를 많이 했기에 얻을 수 있었던 부산물이라고 할 수 있었다.

현명한 파비앙은 그런 그의 말에 금방 공감할 수 있었다.

"정말 옳은 말씀 같아요. 제 생각이 짧았네요. 죄송해요."

"아니오. 쉬운 길을 가고 싶어 하는 것은 인간의 본능 아니겠소? 그나마 당신은 그게 전부가 아니라는 것을 깨달았으니 굳이 사과까지 할 필요는 없소."

쑨이 여기까지 이야기를 했을 때 갑자기 연합군 주둔지가 있는 쪽에서 무서운 폭발음이 들려왔다.

콰콰콰쾅!

"어머, 이, 이게 무슨 소리죠?"

"이런… 그냥 빨리 주둔지로 돌아가야 할 것 같소. 아무래도 지금까지 우리가 모르고 있었던 또 다른 세력이 존재하는 것 같소."

"그럼 설마 우리 병사들이 그 새로운 세력들로부터 공격을 받고 있는 것일까요?"

쑨이 표정을 굳히며 말하자 파비앙 역시 두려운 얼굴로 조심스럽게 되물었다. 동시에 좋지 않은 예감이 두 사람 모두의 뇌리를 스쳐 갔다.

"그런 것 같소. 어서 가봅시다."

"네!"

차라리 숨어 있던 지원군들 쪽에 있었더라면 폭발이 일어
남과 동시에 금방 주둔지에 도착할 수 있었을 것이다. 그곳
에서 주둔지까지의 거리는 불과 5킬로미터 정도밖에 되지
않았다.

그러나 지금 이곳은 그곳에서부터도 10킬로미터 이상 떨
어진 곳이라 아무리 손이라고 해도 최소 몇 분은 걸릴 터였
다. 그래서인지 그도 조금은 초조한 감정이 들었다.

그런데 바로 그때, 기분 나쁘게도 두 번째 폭발음이 들려
왔다.

콰콰콰콰쾅!

그 소리를 듣자마자 그는 얼른 파비앙을 고쳐 안더니 마
치 번개와 같은 속도로 허공을 꿰뚫었다.

그러면서 자신도 모르게 속으로 모두가 무사하기를 빌고
또 빌었다.

Chapter 13

그가 화났다 (1)

건들면 죽는다

1

한 개에 무려 삼천 골드씩이나 하는 폭탄을 무려 여덟 발
이나 사용했는 데도 적들을 겨우 백여 명밖에 처치하지 못
했다.

이건 그들의 단체가 만들어진 이후 가장 멍청한 싸움이라
고 할 수 있었다.

그래서인지 중년의 사내는 솟구쳐 오르는 화를 참기 위해
숨을 크게 몰아쉬었다.

"후아~~ 후~! 후아~ 후! 마법사 틸렌은 어디 있나?"

그는 갑자기 틸렌이라는 마법사를 불렀다.

그러자 역시 복면을 쓰고 있었지만 그 위로 로브를 걸치고 있는 사내 한 명이 다가와 늙수그레한 목소리로 대꾸했다.

"여기 대령했습니다, 보스. 무슨 일이신지요?"

"방금 자네도 보았겠지?"

"그렇습니다. 적 진영에 실로 대단한 마법사들이 있는 것 같더군요."

가만 보니 틸렌이라는 자의 목에도 망원경이 걸려 있었다.

그도 내내 연합군 진영을 살펴보고 있었던 모양이다.

"으음… 앞으로 우리가 적들에게 폭탄을 날릴 수 있는 기회는 단 두 번뿐이다. 좋은 수가 없겠느냐? 이대로라면 두 번이 아니라 몇 번을 공격해도 막힐 것 같거든."

"너무 그렇게 심려하지 마십시오. 아무리 대단한 마법사들이라고 해도 그 안에 6서클 이상의 마법사만 없다면 앞으로 한 번 더 공격을 막아내는 것이 저들의 한계일 것입니다. 그나마 방금 전의 공격을 막아낼 수 있었던 것은 지금 저들 안에 5서클의 마법사가 두 명이나 포진되어 있기에 가능했던 일입니다. 어떻게 칼베르토 마법사와 맥켄리 마법사가 같이 있는 것인지는 저도 모르겠습니다. 하지만 아무리 그들이라고 해도 만에 하나 폭탄 공격을 또 한 번 막게 되면 그 충격에 의해서 마나가 크게 흔들릴 것이 분명합니다. 그렇게 되면 최소한 반나절 이상은 요양을 하면서 마나 수련을 해야지만 다음 공격까지 막아낼 수 있지요. 즉 두 번 연속 폭탄을 날리게 되면 결국 두 번째 공격은 절대로 막아내지 못하고 오히려 크게 화를 당한다는 뜻입니다."

마법사 틸렌의 말에 보스라는 중년의 사내 얼굴이 활짝 펴졌다.

마법에 관한 것은 역시 마법사가 잘 알 거라는 그의 예상이 맞았기 때문이다.

사실 틸렌도 그리 허접한 마법사는 아니다. 물론 칼베르토나 맥켄리와 견줄 바는 아니었지만 그래도 명색이 4서클 유저급의 마법사였다.

그랬기에 그는 연합 실드의 약점을 알고 있었다.

물론 그도 멀린이 얼마나 무서워졌는지는 모르고 있었지만…

"이것 참 운명이라는 놈은 역시 가혹하군. 특히 저놈들에게는 말이야. 틸렌, 자네의 말을 들어보니 아직 신은 우리 편이라는 것을 알겠어. 우리에게는 마침 딱 두 번의 공격을 더 할 수 있는 폭탄이 남아 있거든."

"저 역시 같은 생각입니다, 보스. 참, 그리고 두 번째 폭탄은 반드시 마법사들이 있는 쪽으로 날리십시오. 마나가

혼들린 상태에서 폭탄 세례를 받게 되면 저들의 마법 전력이 현저하게 낮아질 테니까 말입니다."

대체 중년의 복면인이 무슨 단체의 보스인지는 몰라도 4서클이나 되는 마법사가 이처럼 깍듯하게 대하는 것을 보면 보통 인물은 아닌 것 같았다.

그리고 무엇보다 그가 거느리고 있는 복면인들은 어지간한 병사들보다 행동이 빠르고 절도가 있었다.

이는 상당히 오랜 시간 훈련을 받아왔음을 뜻했다.

"좋아, 일단 첫 번째 탄으로 마법사들의 마나를 흩뜨리고, 두 번째 탄으로 혼을 내주고 나면 곧 우리와 합류할 자들이 근처까지 올 것이다. 그럼 그때 그들과 함께 혼란에 빠져 있는 놈들을 칠 것이다. 모두 알았나?"

"네! 보스!"

보스라는 자가 그렇게 말하자 복면인들이 작지만 결연한 목소리로 대답했다.

이들은 아마도 슌이 발견했던 지원군들과 합류하기로 되어 있는 모양이다.

만일 마법사 틸렌의 말대로 마지막 폭탄이 연합군의 마법사들과 적들에게 큰 피해를 입히게 되고 또 지원군들까지 합류하는 일이 벌어진다면 문제는 심각해질 수도 있을 것 같았다.

"그럼 어서 다음 발사할 깜찍이를 장전하라!"

"준비 완료되었습니다!"

투석기를 이용해 이미 두 번이나 폭탄을 날렸던 상황이라 세 번째 공격 준비는 무척 빨리 끝났다.

그러자 보스가 곧바로 다음 명령을 내렸다.

"발사!"

"발사!"

두둥!

두둥!

부아아앙~~!

세 번째 포탄이 날아오르는 순간, 멀린은 급히 오른손을 들었으며 큰 소리로 외쳤다.

"이제 곧 주군께서 오실 것이다! 그분께 처참하게 당한 아군의 모습을 보여줄 것인가?"

"아닙니다!"

"그럼 이번이 마지막이라는 각오로 최선을 다하라!"

"네!"

멀린이야 이미 6서클에 도달해 있는 대단한 마법사라 마나의 부족함을 느끼지 않았다. 칼베르토와 맥켄리까지만 해도 아직은 버틸 만했다.

그러나 그 외의 마법사들은 벌써 상당히 지쳐 있었다.

원래 방어 마법은 공격의 강도가 세면 셀수록 마법사의 마나를 많이 소모시킨다.

특히 지금처럼 무시무시한 폭탄을 막는 일은 거의 목숨을 내놓아야 할 정도로 위험했다. 그나마 대단한 마법사들이 몇 명 있는 바람에 아직은 겨우 버틸 만했지만 이번 공격까지 막아내고 나면 꽤나 힘들 터였다.

"온다! 어서 마법을 펼쳐라! 실드~~!"

"실드~!"

비비비빙~~! 화악~!

또다시 대형 실드가 펼쳐졌다.

이번에는 두 번째라 그런지 병사들도 아까보다는 편안한 얼굴이었다. 이들은 아예 마법을 모르기에 지금 마법사들이 얼마나 긴장하고 있는지도 모른다. 그랬기에 지금 미소까지 지을 수 있었다.

그리고 바로 그때, 폭탄이 실드의 표면에 부딪혔다.

콰콰콰콰쾅!

"으헉! 울컥!"

"으윽……."

"크으으……."

이번에도 아군에게 직접적인 피해가 가지는 않았지만 폭발이 일어나는 순간 몇몇 마법사들이 신음을 흘렸다.

심지어 3서클 마법사들 가운데에는 피를 토하는 자까지 생겼다.

그중 한 명은 멀린이 손과 함께 마탑에 갔다가 데리고 왔던 테른이었다.

"이보게, 테른! 괜찮은가?"

"헤헤… 아직 견딜 만합니다. 그런데 정말 폭탄의 위력이 장난 아니로군요… 읍! 울컥!"

"쯧쯧… 전혀 괜찮지 않군 그래. 어서 이쪽에 앉게. 응급치료라도 해줄 테니……."

말을 하던 테른이 또다시 피를 토해내자 멀린은 그를 앞에 앉히고는 재빨리 힐링 마법을 펼쳤다.

이럴 때는 이 마법이 가장 효용성이 높다고 할 수 있었다. 특히 마나를 다루는 마법사들에게는 더더욱.

만일 이대로 오 분 정도만 더 힐링을 베풀어주면 테른은 완전히 회복될 수도 있을 터였다.

그러나 적들은 그런 기회조차 주지 않았다.

"으헉! 연속해서 또다시 폭탄이 날아옵니다!"

"뭣이라고? 그게 사실인가? 이런, 빌어먹을… 모두 어서 다시 실드를 펼칠 준비를 하라!"

테른을 치료하고 있다가 병사들의 외침을 들은 멀린은 얼른 북쪽 하늘을 올려다보았다.

그러자 정말로 폭탄이 날아오고 있지 않은가?

그는 너무 놀라고 다급해지는 바람에 그게 몇 개나 되는
지 세어보지도 않은 채 명령을 내렸다.

하지만 지금까지와는 달리 당장 또다시 실드를 펼칠 수
있는 마법사는 칼베르토와 맥켄리, 그리고 최근 4서클 마스
터에 오른 단데스 영지 마법사였던 길버트였다.

조금 전보다 꽤나 약해진 마법사들이었지만 멀린은 지체
할 틈이 없었다.

"지금이다. 실드~!"

"실드~!

콰앙! 콰콰쾅!

"우욱!"

"커헉!"

"울컥! 컥!"

겨우 네 명의 마법사가 펼친 실드였지만 그 크기나 위력
은 큰 차이가 없는 것 같았다.

네 명 모두 워낙 대단한 마법사들이었기 때문이다. 그 덕
분에 이번 폭탄도 제법 안전하게 막아낼 수 있었다.

비록 멀린을 제외한 마법사들은 무척 힘들어 보이는 데다
가 길버트는 피를 토하고 있었지만 어쨌든 모두 무사했다.

하지만 그때, 멀린은 갑자기 뒷골이 서늘해지며 왠지 불

길한 예감에 사로잡히기 시작했다.

'뭔가 이상하다. 지금까지 총 네 번의 공격이 있었는데 앞의 세 번은 모두 네 개의 폭탄이 날아왔었다. 그런데 어째서 이번에는 두 개만 날아온 거지? 폭탄이 모두 떨어져서 그게 마지막이었나? 아니면 일부러? 일부러 그랬다면 이유는 무엇일까? 혹시⋯⋯.'

그가 여기까지 생각하고 있을 때 정녕 듣고 싶지 않은 외침이 다시 들려왔다.

"폭, 폭탄이다! 폭탄이 또 날아오고 있다!"

"이, 이럴 수가⋯⋯."

"맙소사! 병단주님, 저희는 이제 틀렸습니다. 실드 마법은커녕 서 있는 것도 힘듭니다. 으으⋯⋯."

그랬다. 정체를 알 수 없었던 보스라는 자는 교활하게도 네 번째 공격 때 일부러 두 발의 폭탄만 날렸던 것이다.

그쪽 마법사 틸렌의 말을 듣고 폭탄을 더욱 효율적으로 사용하기 위해 그랬던 것인데 그게 지금 숀의 연합군 입장에서는 엄청난 재앙으로 다가오고 있었던 것이다.

이미 길버트는 기절을 해버렸고 맥켄리는 바닥에 주저앉았으며 칼베르토만이 몸을 비틀거리며 멀린에게 다가와 간신히 절망적인 말을 던지고 자신도 털썩 앉아버렸다.

그러자 멀린의 얼굴에 비장함이 떠올랐다.

'휴우… 이렇게 되면 내게 지금 남아 있는 모든 마나를 동원하는 수밖에… 그래도 완전히 막을 수 있을지는 모르겠지만 지금은 그게 최선이다.'

아무리 6서클 마법사라고는 하지만 이건 거의 자살행위나 마찬가지였다.

자칫하면 죽거나 운이 좋아도 병신이 될 수 있는 선택을 하고 있는 것이다.

그러나 그 누구도 그를 말릴 수 없었다.

"모든 것을 막아낸다. 그레이트 실드~~!"

비비비빙~~!

그가 6서클 이상의 마법사나 펼칠 수 있는 실드 마법을 펼쳐 최대한 넓은 공간에 투명 막을 씌웠다.

그리고 그와 동시에 깜찍이라는 이름이 붙은 섬뜩한 폭탄이 날아와 부딪쳤다.

콰콰콰쾅~~!!

2

거대한 폭발과 함께 멀린은 정신을 잃고 말았다. 워낙 무리를 한 탓에 자칫하면 죽을 수도 있는 상황이었다.

그러나 바로 그때, 그 누구도 발견하지 못했던 빛줄기 하

나가 순식간에 나타났고 폭발과 함께 날아가던 멀린을 낚아
채더니 숲 속으로 사라져 버렸다.

"설, 설마 죽은 것은 아니겠죠?"

"조금만 더 늦었어도 그럴 뻔했소. 하지만 아주 위험한
순간은 넘겼으니 너무 걱정하지 마시오."

빛줄기는 바로 숀과 파비앙이었다.

약 20킬로미터를 숨 한번 제대로 쉬지 않고 날아온 숀은
오면서도 천리지청술을 이용해 이곳의 상황을 철저하게 파
악하고 있었다.

그는 멀린과 마법사들의 능력을 정확히 알고 있었기에 그
들이 몇 번의 폭탄 공격을 막을 수 있는지도 알고 있었다.
그런 데다가 복면인들이 주고받는 대화도 모두 듣고 있었기
에 어느 정도는 안심을 하고 있었다.

하지만 연합군의 주둔지까지 10킬로미터 정도가 남았을
무렵, 그는 충격적인 이야기를 들을 수 있었다.

복면인들의 보스가 내리는 명령을 들었던 것이다.

"이번에는 두 발의 깜찍이만 준비해라."

"두 발이요?"

"지금 적 마법사들은 크게 동요하고 있다. 틸렌 마법사의 말
대로 꽤나 큰 충격을 받은 것이 분명하다. 그렇다면 두 발만 날

려도 마법사들을 완전히 무력화시킬 수 있을 것이다. 바로 그럴 때 마지막 두 발을 날린다. 무슨 말인지 알겠는가?"

"과연 보스께서는 대단하십니다. 그렇게 되면 더욱 큰 피해를 입힐 것이 분명합니다."

여기까지 듣자마자 숀은 내공을 더욱 끌어올렸다.

저놈의 생각대로 두 발의 폭탄으로 마법병단을 완전히 무력화시킬 수는 없었다.

그러나 남은 두 발을 더 쏘게 되면 아무리 멀린이라고 해도 큰 위험에 처할 수 있었다. 그랬기에 더 빨리 도착해야만 했다.

그리고 아슬아슬하게 결국 멀린을 구해낼 수 있었다.

아마 적들은 멀린이 폭탄의 위력 때문에 멀리 튕겨 나간 것이라고 착각할 터였다.

[이제 정신이 들었군. 하지만 움직이지 말고 그대로 들어라. 지금부터 나의 마나로 네 몸을 치료할 것이니 마나가 움직이는 대로 너의 마나도 따라올 수 있도록 노력해라.]

껌벅껌벅.

멀린의 등에 손을 댄 채 숀이 혜광심어로 말하자 멀린은 눈을 껌벅거리는 것으로 대답을 대신했다.

그리고 그렇게 약 십 분 정도가 지나자 마침내 숀이 손을 떼고 일어섰다.

그러자 파비앙이 그의 곁으로 다가와 물었다. 몹시도 불안한 기색이다.

"괜찮은 건가요?"

"곧 눈을 뜰 것이오."

파비앙의 그런 마음을 읽은 숀이 부드러운 목소리로 대답해 주었다.

그런데 바로 그때…

"오실 줄 알았습니다, 주군. 그런데 조금 늦으셨군요."

계속 눈을 감고 있던 멀린이 멀쩡한 모습으로 벌떡 일어나더니 숀에게 말했다. 그가 와서 다행이라는 안도의 감정과 약간은 원망하는 마음이 공존하는 것 같은 말투다. 그것을 아는지 모르는지 숀은 다짜고짜 연합군의 상황부터 물었다.

"피해 상황부터 말해보게."

"원래의 병사들은 다행히 아무도 피해를 입지 않았습니다. 하지만 오늘 항복했던 병사들 가운데 약 백여 명의 사상자가 발생했습니다."

"몇 명이 죽고 몇 명이 다쳤는지 정확하게 보고하게."

"죄송합니다. 다시 말씀드리겠습니다. 일흔두 명이 죽고 열다섯 명이 중상을 입었으며 열세 명이 경상입니다."

손의 채근에 멀린이 고개를 조아리며 좀 더 구체적인 피해 상황을 이야기했다.

그러자 손의 몸에서 실로 섬뜩한 기세가 피어올랐다.

"감히 놈들이 나의 수하들을 죽였다는 말이지? 절대 그냥 둘 수 없겠군. 이제 주둔지로 돌아가자."

척!

"알겠습니다!"

멀린은 손을 알게 된 이후 지금까지 그와 생활해 오면서 이렇게까지 분노하는 모습은 본 적이 없었다.

비록 한 사람의 분노였지만 그는 온몸이 떨리는 것 같은 두려움을 느끼고 있었다.

오죽했으면 손의 한마디에 군기가 바짝 든 모습으로 자세를 똑바로 하며 이렇게 대답했겠는가.

그러나 손은 언제 화를 냈냐는 듯 표정을 다시 회복하며 멀린과 파비앙의 팔목을 잡더니 순식간에 주둔지로 돌아갔다.

"지휘관들은 모두 집합하시오."

"알겠습니다, 주군. 어서 각 부대장들과 참모들을 집합시켜라."

갑자기 손이 나타나서 이런 말을 던지자 크롤과 렌탈은

신속하게 지휘관들을 집합시켰다.

숀과 멀린이 함께 나타나는 순간, 이미 모든 상황이 어떻게 된 것인지 깨달았을 뿐 아니라 숀의 몸에서 뿜어져 나오는 기세가 심상치 않음을 느낀 탓이다.

"크롤 백작과 렌탈 남작은 모든 병사들에게 지금 즉시 전투준비에 임하도록 지시하시오. 그리고 각 부대장들은 두 사람의 명을 받들되 언제든지 진을 펼칠 수 있다는 점을 병사들에게 주지시키기 바라오. 실제로 적들이 몰려오게 되면 즉각 드래곤 바인드 진을 움직일 것이니 조금도 긴장을 놓쳐서는 안 될 것이오."

"알겠습니다!"

숀의 지시에 크롤과 렌탈, 그리고 부대장들이 큰 목소리로 대답했다.

그들도 폭탄 공격 다음에 적들이 몰려올 것이라는 예상을 하고 있었다.

그러나 숀의 태도를 보며 그 시간이 생각보다 가깝다는 경각심을 가질 수 있었다.

"소피아 작전대장."

"네, 주군!"

"그대는 오늘 전사한 병사들의 신원을 철저하게 조사해 그들 한 명당 100골드의 위로금을 준비해 주시오. 돈으로 해결될 문제는 아니지만 모두 가족들을 위해 영지군이 되었다가 전사했을 터이니 그 돈을 가족들에게 보내 주시오. 그리고 중상자와 경상자들을 위해 모든 치료 방법을 동원하고 그래도 회복이 어려운 병사들은 모두 의료 막사로 데려오도록 하시오. 내가 직접 치료하겠소."

"즉각 명대로 따르겠습니다!"

손이 소피아에게 이런 지시를 내리자 오늘 처음으로 그를 모시게 된 테우신 영지군들의 얼굴에 감격스럽다는 표정이 떠올랐다.

그들은 대부분 직업군인인지라 숱한 전투를 겪어보았지만 이처럼 죽은 병사들을 위해 실질적인 보상을 해주는 지휘관은 본 적도 들은 적도 없었다.

그랬기에 그들은 저런 지휘관을 위해서라면 목숨을 걸어도 아깝지 않다는 생각을 할 수 있었다.

"멀린 마법병단장."

"말씀하십시오, 주군!"

"그대는 일부 병사들을 동원해 아직 기력을 회복하지 못하고 있는 마법사들을 의료 막사로 데려오시오. 그들 역시 내가 직접 상태를 체크해 보아야겠소."

"알겠습니다."

손은 지금 당장이라도 조금 전까지 폭탄을 날렸던 적들에게 달려가 그놈들을 죽도록 패주고 싶었다.

그러나 그러기 전에 우선 크게 놀란 데다가 피해까지 입고 있는 아군들을 달랠 필요가 있다고 판단했다.

그랬기에 그는 화를 꾹꾹 누르며 정비부터 하고 있는 것이다. 물론 그러는 사이에도 복면인들과 숨어 있던 지원군들의 동태를 살피는 데 주력하고 있었다.

"나는 지금 의료 막사로 갈 테니 어서 각자 맡은 임무를 시작하고 마법사들과 중상자들을 데려오시오."

"네!"

주둔지에 세워놓은 막사들 가운데 가장 큰 것이 바로 의료 막사였다.

원래 숀은 의료 막사는 필요 없다고 생각했었지만 진지 구축을 맡았던 크롤 백작이 습관적으로 만들어놓았던 것이다.

그는 그곳에서 가장 먼저 중상자들을 치료해 주었으며 그후 마법사 한 사람 한 사람에게 직접 진기를 주입해 주어 그들이 순식간에 원래의 마나를 되찾을 수 있도록 했다.

그러는 사이 마침내 의문의 복면인들과 테우신 영지 지원군들이 만났다. 그리고 그러한 사실은 모두 예민한 귀를 통해 숀에게 모두 알려지고 있었다.

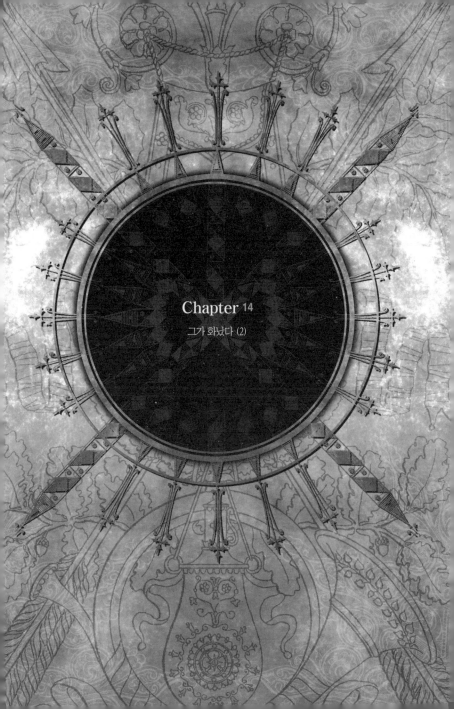

Chapter 14

그가 하났다 (2)

건들면죽는다

1

　　중상자들은 위험한 고비를 넘겼고 마법사들은 모두 본래의 마법을 회복했다.

　　뿐만 아니라 모든 병사들은 몇 만의 군사가 몰려온다 해도 막아낼 수 있는 기적의 진을 펼칠 준비가 완벽하게 끝난 상태다.

　　그것을 확인한 손아 무슨 생각을 한 것인지 다시 지휘관들을 소집했다.

　　"나는 지금부터 감히 나의 부대원들을 죽게 만든 자들을 응징하러 갈 생각이다. 처음에는 혼자 갈 생각이었지만 그렇게 하면 뒷수습하기가 귀찮을 것 같아서 특별히 별동대를 조직해서 함께 가려 한다. 그러니 호명하는 사람은 앞으로 나오도록."

"지원하면 안 됩니까?"

"저도 지원하고 싶습니다!"

숀의 말에 아직 혈기 왕성한 벨룸 기사 총대장과 싸움이라면 자다가도 벌떡 일어나는 불도저 같은 훈련대장 더그한이 대뜸 이렇게 나섰다.

그러자 그 뒤를 이어 크롤 백작과 렌탈 남작은 물론 마법사들과 기사들이 벌 떼처럼 들고 일어나 서로 따라가겠다고 아우성을 쳤다.

"지휘관들이 모두 다 가면 병사들은 누가 이끌 것인가? 저들을 그냥 방치할 생각인가?"

"아, 아닙니다!"

"지금 우리는 재미를 위해서 싸우러 가는 것도 아니고 공을 세우기 위해서도 아니다. 단지 억울하게 죽어간 우리 동료들의 복수를 위해 가려는 것이다. 그런 이상 기왕이면 죽은 병사들과 가까웠던 사람들이 가는 것이 옳다고 생각한다."

숀이 이렇게 말을 하자 마구잡이로 나섰던 자들이 모두 침묵을 지켰다.

그러면서도 그들은 속으로 자신만큼은 불러주겠지 하는 기대심을 가지고 있었다.

"지금부터 호명하는 사람은 앞으로 나오도록. 우선 마법 병단주 멀린."

"네!"

가장 먼저 손의 수족과 같은 존재인 멀린이 호명되었다.

아무래도 마법사가 한 명쯤은 있는 것이 편하다고 생각한 모양이다.

하지만 문제는 그 뒤에 벌어졌다.

"블루 기사단장 드몬테, 레드 기사단장 슈리케, 그리고 화이트 기사단장 타일러는 앞으로."

"부, 부르셨습니까?"

손이 불러낸 자들은 모두 테우신 영지군이었다가 포로로 잡힌 기사단의 단장들이었다.

병사들과 달리 이들은 아직 정식으로 항복한 것도 아니고 금제를 당한 채 억류만 되어 있는 상황이다.

그러니 손의 부름에 얼떨떨해질 수밖에…

"왜? 자네들은 바로 몇 시간 전만 해도 자네들을 믿고 따르던 병사들이 죽었다는 데도 복수하고 싶은 마음이 들지 않는 겐가?"

"그건 아닙니다."

"그렇다면 아무 말 말고 함께 가세. 그리고 기사대장 월터도 나오게."

"저까지 가야 합니까?"

결국 쉰은 포로들 가운데 테우신 영지군의 지휘관들을 모두 불러낸 꼴이 되었다.

그건 아마도 이런 기회를 통해 그들을 진심으로 한편으로 따르게끔 만들기 위함인지도 몰랐다. 아니, 그럴 공산이 컸다.

그것을 눈치채서인지 월터의 대답에서는 불만이 느껴졌다.

"자네는 아직도 어째서 자네의 병사들이었던 자들이 죽은 것인지 모르겠나? 그때 폭탄이 그쪽으로 떨어졌으니 망정이지, 그대들 머리통 위로 떨어졌으면 죽은 사람은 자네들이었을 것이야. 그리고 더 중요한 사실은 이런 일을 꾸민 사람도 결국 테우신 백작이라는 점일세. 그는 자신의 수하들이 이곳에 잡혀 있다는 것을 알면서도 용병들을 불러들여 폭탄을 퍼붓도록 했다네. 그게 무엇을 뜻하는 것인지 모른다고 하지는 않겠지?"

"으음… 알겠습니다. 저도 함께 갈 테니 검을 주십시오!"

"그에게 검을 돌려주어라."

"네!"

손은 지금 일종의 도박을 하고 있었다.

만일 이들이 변심을 하게 되면 자신의 뒤통수를 칠 수도 있었다. 하지만 끝까지 자신을 따른다면 그 역시도 이들을 믿을 수 있을 터였다.

그는 그것을 원했다.

"자, 그럼 기사들은 됐고, 다음은 백인대장 죤스, 백인 부대장 케일, 그 부대 예하 십인대장들은 모두 앞으로!"

"네!"

이번에는 앞선 자들과 달리 군기가 바짝 든 기사 두 명과 병사들이 앞으로 나섰다.

그들은 바로 오늘 죽은 병사들과 동고동락을 함께했던 부대원들이었다.

손은 어느새 그들의 신상마저 파악해 두었던 것이다.

그 덕에 이름을 호명당한 백인대장과 부대장은 감격할 정도였다.

"다들 나와 함께 복수를 위해 싸우겠느냐?"

"죽는 한이 있어도 싸우겠습니다!"

막상 힘차게 대답을 하고 나서 주위를 둘러보니 모두 합쳐 봤자 겨우 열일곱 명이다.

손까지 합친다고 해도 고작 열여덟 명.

복수를 운운하기에는 턱없이 적은 인원이었다. 특히 손

의 능력을 잘 모르고 있는 테우신 출신 기사들과 병사들은 말이다.

그 점을 금방 알아차린 손이었지만 그는 병사들을 독려하기는커녕 그들의 사기를 단숨에 꺾어버릴 이야기부터 꺼냈다.

"지금 우리가 가야 할 곳에 있는 적들의 수는 모두 사천이백 명이다. 그중 일천 명 정도는 화살을 쏠 수 있는 궁술병이지. 어때? 그래도 싸울 생각이 드나?"

"그… 그게……."

"……."

우물쭈물…

세 살짜리 어린아이를 데려다가 같은 질문을 해도 고개를 절레절레 흔들 것이 분명한 상황이다. 하물며 사리 분별이 확실한 어른들이 어찌 18 대 4,200으로 싸우자는 것에 대답을 할 수 있겠는가.

그들은 처음과 달리 이리저리 눈만 굴릴 뿐 아무도 대답을 하지 못하고 있었다.

그런데 그때 기사대장 월터가 손을 번쩍 들었다.

"질문 있습니다."

"말해보게."

"사령관님께서는 그들에게 복수할 자신이 있으십니까?"

정곡을 찌르는 질문이 나왔다.

그러자 모두의 시선이 숀의 입술을 향해 집중되었다.

어떤 대답이 나올지 그만큼 궁금했던 것이다.

"나는 하늘에 맹세코 복수할 자신이 있다. 대답이 되었는가?"

"그렇다면 저도 사령관님과 끝까지 함께 싸우겠습니다!"

놀랍게도 월터가 또렷한 어조로 그렇게 말했다.

그러자 감염이라도 된 것인지 이번에는 기사단장들이 나섰다.

"저도 싸우겠습니다!"

"저도요!"

그런 모습을 가만히 지켜보던 백인대장이 부대장과 십인대장들과 잠시 눈을 맞추더니 고개를 한 번 끄덕이고는 입을 열었다.

"저희는 이미 오늘 한 번 이상 죽은 목숨들입니다. 그런 마당에 억울하게 죽은 동료들의 복수를 하러 가는데 무엇인들 두렵겠습니까? 저희들도 끝까지 함께하겠습니다!"

"후후후… 모두 마음에 드는군. 오늘 그대들의 그 한마디가 앞으로 그대들이 가장 영광스러운 자리로 올라갈 수 있게 해주는 초석이 되어줄 것이다. 지금부터 그대들의 명칭은 복수 특공대이다. 자, 그럼 이제 모두 나를 따르라!"

그의 말이 끝나자 숀이 약간은 격앙된 목소리로 이렇게 약속을 해주었다.

그러자 지금까지의 모습을 지켜보며 감동한 모든 연합군들이 만세 삼창을 했다.

"와아아아~~~!"

"숀 사령관님 만세!"

"용감한 전사들 만세! 복수 특공대도 만세! 만세! 만세!"

그 소리를 뒤로하고 숀과 복수를 함께 하기 위해 나선 복수 특공대원들은 재빨리 말 위에 올라타더니 적들이 모여 있는 곳을 향해 힘차게 달려 나갔다.

2

숲으로 둘러싸여 있기는 했지만 제법 넓은 공터의 중앙에 커다란 지휘 막사가 있었다.

이곳을 중심으로 복면의 사내들은 아예 진지를 구축해 놓았던 것이다.

그리고 바로 한 시간 전쯤 이곳을 찾아온 사람들이 있었다.

"당신이 '퐁뜨 산의 폭스(fox)단' 단주인가?"

"내가 단주 크림겔이요. 오시느라 고생했소, 짐머만 자작."

알고 보니 복면인들은 '퐁뜨 산의 폭스단'이라는 단체였다.

이들은 퐁뜨 산에서 결성했다고 해서 이런 이름을 가지고 있었는데 이미 칼론 왕국 내의 귀족들이나 영주들 사이에서는 자주 거론되는 유명한 용병 단체였다.

돈만 주면 그 어떤 전쟁도 대신해 주는 것이 이들의 일이었다.

그리고 그곳의 단주 크림겔은 검술이 소드 익스퍼트 상급에 달한 것으로 소문이 나 있었다.

그게 사실이라면 그가 왕국 최고의 검사라는 뜻이지만 아무도 믿지는 않았다.

그리고 그런 그에게 다가와 거만하게 인사를 하고 있는 자는 바로 짐머만 자작이었다.

짐머만 자작 역시 꽤나 용맹한 기사로 알려져 있었지만 무척 탐욕스럽다는 단점이 있었다. 그 역시 테우신 백작에게 돈을 받고 온 것일 가능성이 농후했다.

"오면서 듣자 하니 적들에게 폭탄을 퍼부었다던데 성과는 어떤가? 아예 우리가 할 일이 없을 정도로 만들어놓은 것은 아니겠지?"

"아직도 먹잇감은 수두룩하니 그런 걱정은 하지 마시오."

짐머만이 꼴에 귀족이랍시고 자꾸 시건방진 말투로 이야

기하자 크림겔의 표정이 일그러졌다.

그러나 그는 화를 눌러 참으며 일단은 좋게 대답했다.

여기서 발작을 해 봤자 얻을 수 있는 것이 없었기에 초인적인 인내력을 발휘하는 것이다.

어쨌든 두 사람이 이렇게 신경전을 벌이며 상황을 논의하고 있을 때 숀과 복수의 화신들이 공터 근처 숲에 나타났다.

여기까지는 빠르게 달려왔지만 무슨 생각에서인지 숀이 갑자기 속도를 늦추었다.

"이보게, 월터."

"네, 사령관님."

숀이 자연스럽게 월터를 부르자 그는 별다른 거부감 없이 예의를 갖춰 대꾸했다.

얼마 전 항복을 한 기사치고는 너무 빨리 적응하는 것 같았지만 월터 본인은 이미 숀이 소드 마스터라는 것을 깨달은 상태였기에 전혀 어색하게 느끼지 못하고 있었다.

"저쪽에 서 있는 나무 보이나?"

"혹시 아이언 우드(Iron wood)를 말씀하시는 겁니까?"

"맞아. 단단하기가 쇠만큼 강하다는 나무이지. 자네 혹시 저 나무를 창대 크기만큼 잘라올 수 있겠나?"

"물론입니다. 잠시만 기다리십시오."

주변에 병사들도 많은데 굳이 기사대장이었던 사람에게

이런 명령을 내린 것에는 그만 한 이유가 있었다.

아이언 우드라는 나무가 워낙 단단해 일반 병사들은 검으로 나무를 잘라올 수가 없었다. 그나마 마나가 풍부한 기사만이 검에 오러를 씌워서 베어야지만 가능했던 것이다.

어쨌든 그렇게 약 이삼 분 정도 지나자 월터가 길이가 3미터 정도 되는 아이언 우드 창대를 만들어 왔다.

길이가 긴 대신 두께는 지름이 약 10센티미터쯤 되어 제법 굵어 보였다.

"자네가 내 마음을 정확히 짐작한 모양이로군. 아주 마음에 들어. 하하!"

"감사합니다."

숀이 무려 3미터나 되는 몽둥이를 허공 높이 치켜들며 좋아하자 대부분의 병사들은 모두 고개를 갸웃거렸다.

당장 적들과 싸워야 할 텐데 저렇게 불편해 보이는 몽둥이로 무엇을 하려는 것인지 일순 이해가 가지 않았던 것이다.

공터로 들어서는 길목에는 상당히 큰 나무들이 즐비했다.

그래서 더 공터의 위치가 쉽게 드러나지 않은 것이다.

그런데 숀은 그곳을 지나가며 갑자기 알 수 없는 말을 던졌다.

"자, 그럼 새로운 무기가 생긴 기념으로 감히 사람의 피를 빨아먹으려는 모기 새끼들부터 잡아볼까?"

"네? 그게 무슨 말씀이신지……?"

옆에 있던 멀린이 고개를 갸웃거리며 되물었다.

"말 그대로 모기 사냥일세. 이렇게 말이야."

슉! 따악!

"크악!"

슈웅~ 쿠웅!

숀이 대답을 하면서 갑자기 들고 있던 창으로 근처에 있던 나무 위쪽을 찔렀다. 말을 타고 있는 채다.

그런데 순간 정말 황당한 일이 벌어졌다. 뭔가 부딪치는 소리와 함께 검은 복면과 복장을 하고 있는 사내 하나가 비명을 지르며 떨어졌던 것이다.

월터가 얼른 말에서 내려 다가가서 살펴보니 그자는 입으로 불 수 있는 대롱 같은 것을 들고 있었다.

"헉! 이, 이것은 독침이다! 조심하십시오. 놈들이 독침을 날리려고 하는 것 같습니다."

복면인의 옆구리에서 독침이 가득 담겨 있는 주머니를 발견한 그는 큰 목소리로 숀에게 주의를 주었다.

"전쟁에서 독침을 쓴다? 살려둘 가치가 없는 놈들이로군."

그게 계속 억누르고 있던 숀의 분노를 더욱 폭발시켰다.

처음에는 나무 위에 숨어 있는 자들이 정찰병인 줄 알았고 그랬기에 미리 창을 준비했던 것인데 그로 인해 의외의 사실을 알게 된 것이다.

그리고 이때부터 손과 그가 타고 있는 말의 움직임은 더욱 빨라졌다.

슈슉! 빠각!

"켁!"

쿵!

숙! 탁!

"끅!"

쿠웅!

마치 바람처럼 앞으로 이동하면서 창으로 허공을 찌를 때마다 정확히 한 번에 한 명씩 비명을 지르며 떨어져 내렸다.

뒤에 따라오던 부대원들도 숨어 있는 자들을 저격하고 싶었지만 그들은 아무리 허공을 올려다보아도 위에 누가 있는지 알 수가 없었다.

그런데 바로 그때…

슈슈슉!

"엎드려라!"

쉬익~!

팟팟팟!

이제야 자신들이 당하고 있다는 것을 알아차린 복면인들이 동시에 독침을 쏘아 보냈다. 워낙 작고 빠른 공격인지라 하마터면 크게 위험할 수도 있었다.

그러나 손이 그것을 눈치채고 엎드리라는 명령과 함께 몸을 허공으로 날렸다.

그러고는 순식간에 모든 독침들을 아이언 우드 막대로 막아내 주고는 다시 자신의 말 위로 돌아갔다.

실로 눈부신 솜씨다.

"내가 움직이라는 명령을 내릴 때까지 모두 여기서 잠시 대기하라."

"네!"

"자, 그럼 조금 속도를 올려볼까? 이럇!"

다그닥 다그닥!

그는 이런 말과 함께 마치 번개처럼 숲을 누비기 시작했다.

빡!

"크악!"

꽁!

"으악!"

그리고 한동안 마치 밤나무에서 밤이 떨어지듯 수많은 복면인들이 이마에 섬뜩한 혹을 하나씩 만들며 속절없이 나무 위에서 떨어져 내렸다.

그렇게 약 오 분 정도의 시간이 지나자 숲은 다시 고요해
졌다.

"모두 이동하라!"

"네!"

두두두두!

동시에 손의 명령이 떨어졌고 그에 따라 기다리고 있던
복수 특공대원들이 잽싸게 달려왔다.

그리고 곧 그들은 마침내 공터의 입구로 들어설 수 있었
다.

하지만 공터를 바라보는 순간, 손을 제외한 전원은 그 자
리에 얼어붙고 말았다.

스윽….

그들이 공터에 나타나는 순간, 무려 수천 명이 넘는 엄청
난 무리들이 동시에 그들을 쳐다보았던 것이다.

바로 '퐁뜨 산의 폭스단'이라는 복면인들과 짐머만 영지
군들이다.

하지만 그 무지막지한 군세를 보고도 손은 산책이라도 나
온 사람처럼 아주 태연한 얼굴로 한마디 던졌다.

"인상 한번 고약한 녀석들이로군. 자, 그럼 지금부터 싸
가지 없는 녀석들의 버르장머리를 고쳐줘 볼까? 하앗!"

히이잉~~!

두두두두~~!!

그리고 곧 그 대군들을 향해 무식한 돌진을 시작했다.

복수 특공대원들의 경악 어린 표정을 뒤로한 채.

『건들면 죽는다』10권에 계속…

절정고수들이 하늘 높은 줄 모르고 질주하는 현 세상.
서른여덟 개의 세력이 서로를 견제하는 혼돈의 시대.

그 일촉즉발의 무림 속에
첫 발을 디딘 어린 소년.

"나는 네가 점창의 별이 되기를 원한다."

사부와의 약속을 지키고
난세로 빠져드는 천하를 구하기 위해
작은 손이 검을 들었다!

박선우 新무협 판타지 소설 FANTASTIC ORIENTAL HE

풍운사일

Book Publishing CHUNGEORAM

즐거운 인생

미더라 장편 소설

FUSION FANTASTIC STORY

A Bittersweet Life

삶의 의욕을 모두 잃은 주혁.
어느 날 녹이 슨 금속 상자를 얻는데……

"분명 어제도 3월 6일이었는데?"

동전을 넣고 당기면 나온 숫자만큼 하루가 반복된다!

포기했던 배우의 꿈을 향해 다시금 시작된 발돋움.
눈앞에 펼쳐진 새로운 미래.

과연 그는 목표를 이루고
인생을 바꿀 수 있을 것인가!

Book Publishing CHUNGEORAM

유행이 아닌 자유추구
WWW. chungeoram .com

내일을 향해 쏴라

김형석 장편 소설

FUSION FANTASTIC STORY

1만 시간의 법칙!
'성공은 1만 시간의 노력이 만든다'는 뜻이다.

그러나…
사회복지학과 복학생 수.
전공 실습으로 나간 호스피스 병동에서
미지와 조우하다.

1만 시간의 법칙?
아니, 1분의 법칙!

전무후무한 능력이 수에게 강림하다!
맨주먹 하나로 시작한 수의
인생역전이 시작된다!

Book Publishing CHUNGEORAM

유행이 아닌 자유추구 -
WWW.chungeoram.com

우각 新무협 판타지 소설

북검전기

2014년의 대미를 장식할, 작가 우각의 신작!

『십전제』, 『환영무인』, 『파멸왕』…
그리고,

『북검전기』

무협, 그 극한의 재미를 돌파했다.

북천문의 마지막 후예, 진무원.
무너진 하늘 아래 홀로 서고, 거친 바람 아래 몸을 숙였다.

살기 위해! 철저히 자신을 숨기고
약하기에! 잃을 수밖에 없었다.

심장이 두근거리는 강렬한 무(武)!
그 걷잡을 수 없는 마력이,
북검의 손 아래 펼쳐진다!

The Record of **Dragon's Return**

재중 귀환록

푸른 하늘 장편 소설
FUSION FANTASTIC STORY

『현중 귀환록』, 『바벨의 탑』의
푸른 하늘 신작!
이계를 평정한 위대한 영웅이 돌아왔다!

어느 날 갑자기 찾아온 부모님의 죽음.
그리고 여동생과의 생이별.
모든 것을 감당하기에 재중은 너무 어렸다.
삶에 지쳐 모든 것을 포기할 때, 이계에서 찾아온 유혹.

"여동생을 찾을 힘을 주겠어요.
…대신 나를 도와주세요."

자랑스러운 오빠가 되기 위해!
행복한 삶을 위해!

위대한 영웅의
평범한(?) 현대 적응이 시작된다!

Book Publishing CHUNGEORAM

유행이 아닌 자유추구 -
WWW.chungeoram.com

용마검전
FANTASY FRONTIER SPIRIT
김재한 판타지 장편 소설

「폭염의 용제」, 「성운을 먹는 자」의 작가 김재한!
또다시 새로운 신화를 완성하다!

『용마검전』

사악한 용마족의 왕 아테인을 쓰러뜨리고
용마전쟁을 끝낸 용사 아젤!

그러나 그 대가로 받은 것은 죽음에 이르는 저주.
아젤은 저주를 풀기 위해 기나긴 잠에 빠져든다.

그로부터 220년 후……

긴 잠에서 깨어난 아젤이 본 것은
인간과 용마족이 더불어 살아가는 새로운 세상이었다.

Book Publishing CHUNGEORAM

유행이 아닌 자유추구 -
WWW.chungeoram.com

문용신 新무협 판타지 소설

FANTASTIC ORIENTAL HEROES

절대호위

한량 아버지를 뒷바라지하며
호시탐탐 가출을 꿈꾸던 궁외수.

어린 시절 이어진 인연은
그를 세상 밖으로 이끄는데……

"내가 정혼녀 하나 못 지킬 것처럼 보여?"

글자조차 모르는 까막눈이지만,
하늘이 내린 재능과 악마의 심장은
전 무림이 그를 주목하게 한다.

"이 시간 이후 당신에겐 위협 따윈 없는 거요."

무림에 무서운 놈이 나타났다!

 유행이 아닌 자유추구 —
WWW.chungeoram.com